# 侯爵とメイド花嫁

伊郷ルウ

幻冬舎ルチル文庫

CONTENTS ✦目次✦

侯爵とメイド花嫁

✦イラスト・陵クミコ




✦カバーデザイン＝久保夏紀（omochi design）
✦ブックデザイン＝まるか工房

# 侯爵とメイド花嫁

# 第一章

着古した紺色のスーツに身を包み、使い込んだビジネスバッグを提げた三津坂和泉《みつさかいずみ》は、人通りの多い道玄坂《どうげんざか》を脇目《わきめ》も振らずに上っている。

目指す先は、求人サイトで見つけた小さな広告代理店。履歴書を送ったところ、面接をしたいとの連絡があったのだ。

高校を卒業して働き始めたビジネスホテルが五年目にして経営難に陥り、職を失ってから一週間が過ぎているが、面接にまでこぎ着けたのは初めてだった。

「あと十五分もある……」

足を止めることなく、上着のポケットから取り出したスマートフォンで時間を確認した和泉は、歩みを緩めて額《ひたい》に滲《にじ》んだ汗を手の甲で拭《ぬぐ》う。

間もなく十月だというのに、陽差しがやけに強い。時間に遅れないよう足早に歩いたせいもあるだろうが、暑くてスーツの上着を脱ぎたいくらいだ。

「雇ってもらえるといいけど……」

目的の会社まであと少しというところまできて、急に不安が募ってきた。

ひとりっ子の和泉は二十歳のときに両親を相次いで失ってから、古びた安アパートで細々と暮らしてきた。

両親が健在のときから生活には余裕がなく、アルバイトをしながら高校をどうにか卒業して就職した。

高卒の給料などたかがしれているとはいえ、定期的に収入が得られるようになり、親子三人で楽しく暮らしていけるようになったのだが、それもたったの二年で潰《つい》えてしまった。

兄弟もなく、頼れる親類もいない和泉は、ひとりになってしまったとき途方に暮れた。

それでも、挫《くじ》けてはいけないと自らを鼓舞し、一間の安いアパートに引っ越し、わずかな給料をやりくりしながら必死に生きてきたのに、今度は職を失ってしまったのだ。

失業保険が受給できるのは九十日間だけであり、とにかく、早く新しい仕事を見つける必要に駆られている。

それなのに、職探しを始めてからというもの、悉《ことごと》く書類審査で落とされてしまっていた。

高卒で正社員の職に就くのが難しいことは理解していたけれど、これほどまでに厳しいとは思ってもいなかった。

だからこそ、五年振りとなる面接が不安になる。上手《うま》く自分をアピールすることができるだろうかと思うと、にわかに胸がドキドキしてきた。

「えっ？　英語の求人？」

目に入った張り紙に興味を惹《ひ》かれた和泉は、歩道脇の電信柱に歩み寄って行く。

いまどき張り紙の求人など珍しい。英語で書かれているところをみると、外国人の働き手を求めている可能性が高いが、内容を確認するのにさほど時間は要しない。

「ハウスキーパーかぁ……」

和泉は大学に進学することは叶《かな》わなかった。それでも、いずれ役に立つときがくるという父親の言葉を信じ、熱心に英語に取り組んできた。

その甲斐《かい》あって、英語の読み書きはもちろんのこと、日常的な会話も不自由なくこなすことができる。

高卒でビジネスホテルに就職できたのも、英語力を買われてのことだった。それだけに、次なる職も英語を生かしたいところなのだが、再就職となるとどこも学歴がネックになる。

英語力を必要とする仕事にこだわっていたのでは、なかなか就職先も決まらないといった思いから諦《あきら》めていただけに、英語の求人を目にしてやり過ごせるわけがなかった。

「ハウスキーパーって、家政婦さんのことだよな……」

張り紙にざっと目を通した和泉は、そそくさと上着のポケットからスマートフォンを取り出す。

仕事の詳しい内容は確認してみないとわからないが、外国人が家政婦を募集しているようで、とくに日本人不可とは書かれていない。

和泉は両親が共働きだったこともあり、子供のころから家事を手伝ってきた。ひとり暮らしを始めてからはすべて自分でやっているので、仕事が家事ならばどうにかなりそうな気がする。

必須条件として明記されている英会話もクリアしているし、年齢と性別も不問だ。

そして、なにより魅力的なのは、住み込みで働くということだった。

現在、住んでいるのは古いアパートだが、家賃はばかにならないし、光熱費もかかる。住み込みで働けば、そうした出費がなくなるのだ。

迷うことなく張り紙に記載されている電話にかけると、間もなくして年配の女性が出た。

まず求人について確認した和泉は、訪ねる場所が近いとわかると、その場で面接の約束を取り付けた。

履歴書の有無を問われたけれど、いつどこで必要になるかわからないと思い、常にビジネスバッグに予備を入れてあるため、大丈夫だと即答できた。

「では、これから伺わせていただきます。ありがとうございました」

礼を言って電話を終え、ホッと胸を撫《な》で下ろす。

「ご主人さまって言ったから、お手伝いさんかな……」

電話に出た女性の日本語にはまったく訛《なま》りが感じられず、口調からして当主の妻ではなさそうだった。

なんらかの事情で電話の女性が仕事を辞めるので、新たにハウスキーパーを募集をしているのかもしれない。どちらにしろ、まだ募集中でよかった。

「あっ、そうだ……」

安堵《あんど》したのも束の間、これから面接に行く予定だった広告代理店に断りの電話を入れる。

せっかく面接までこぎ着けたのだから、本来であれば自ら蹴《け》るような真似《まね》はしたくない。

けれど、ハウスキーパーとして雇ってもらえれば、住み込みで働くことができるのだ。これほど好条件の仕事が、この先も出てくるとは思えなかった。

「本当に申し訳ありません。失礼いたします」

平身低頭で詫《わ》びたけれど、やはり辛辣《しんらつ》な言葉を浴びせられ、乱暴に電話を切られた。

「はぁ……」

スマートフォンを手にしたまま、がっくりと肩を落とす。

非は自分にあるのは間違いない。罵詈雑言《ばりぞうごん》も甘んじて受け入れるしかないだろう。

「これでハウスキーパーの仕事が決まらなかったら目も当てられない……」

行き当たりばったりの行動を悔やみそうになったけれど、気を取り直して再び道玄坂を上り始める。

電話に出た女性の説明によると、家主が暮らす屋敷は稲荷《いなり》神社の向かい側の道を入ったところにあり、屋根に風見鶏がついた煉瓦《れんが》造りの洋館なのですぐにわかるとのことだった。

道玄坂を上り切った和泉は、スマートフォンに表示した松濤《しょうとう》近辺の地図を頼りに稲荷神社を目指す。

しばらく歩くと、小さな神社の前に出た。手前に狐《きつね》の像が二体あり、その奥に赤い鳥居が見える。

「この御稲荷さんの向かい側……」

稲荷神社を背に立ったとたん、風見鶏が目に飛び込んできた。

「あれだ！」

提げていたビジネスバッグを小脇に抱え、風見鶏を目指して足を進める。

「すごい……」

厳《いか》めしい鉄の門扉《もんぴ》の前で足を止めた和泉は、閑静な住宅街に建つ立派な洋館を眺めた。

玄関まで石畳が続いている。敷地は高い塀にぐるりと囲まれていて、屋根まで届きそうな大木が何本も植わっていた。

門扉のあいだから建物の正面を見ることはできるが、全体像は生い茂る木々に隠されていてわからない。

とにかく、かなり大きな建物であることは間違いなさそうだ。ハウスキーパーを募集したのは、電話に出た女性ひとりでは足りないからかもしれない。

そんなことを考えつつネクタイの結び目を指先で確認し、上着の襟《えり》を正した和泉は、門扉の脇にあるインターフォンを鳴らす。

『はい』

スピーカーから聞こえてきたのは、つい先ほど電話で話した女性の声だ。

「お電話で面接のお約束をした三津坂です」

『横の扉からお入りください』

女性の声に続いて、ガチャッと鍵《かぎ》が開く音が聞こえた。

鉄の門扉の脇に木の扉がある。どうやら、そちらから出入りするようだ。

「失礼します」

重い木の扉を開けて中に入り、石畳を歩いて玄関に向かう。

外から眺めたときは鬱蒼《うっそう》としているように感じられたが、植えられている木々が建物から離れているため、思いのほか敷地には陽《ひ》が差し込んでいた。

「それにしても大きな家だなぁ……」

ここで働くことになるのかもしれないと思いつつ玄関まで来た和泉の前で、いきなり扉が開いて長身の白人男性が姿を現す。

『君が電話をくれたミツサカ・イズミさん？』

完璧なクイーンズ・イングリッシュで声をかけられ、和泉は思わず目を瞠《みは》る。

言葉を聞いただけでイギリス人だと断定することはできないけれど、男性は由緒正しき英国紳士を絵に描いたような風貌をしていた。

丁寧《ていねい》に櫛《くし》を入れて整えた見事なブロンドに、晴れ渡った空を思わせる青い瞳で、二枚目俳優のような彫りの深い端整な顔立ちをしている。

身に纏《まと》っているのは、ひと目で誂《あつら》えとわかる艶《つや》やかなシルバーグレーの三つ揃《ぞろ》いで、ごく薄い桜色のシャツの襟元に鮮やかなグリーンのスカーフを差し込んでいた。

まだ二十代半ばくらいのようだが、上品な出で立ちのせいかひどく落ち着いて見える。

『はい、ミツサカです』

英語で答えた和泉を、男性がしげしげと眺めてきた。

その表情がどこか訝《いぶか》しげで、にわかに不安が募る。

ハウスキーパーに応募してきたのが、若い男だったので驚いているのだろうか。

年齢と性別は不問のはずだが、もしかすると想定外すぎたのかもしれない。

和泉は華奢《きゃしゃ》な身体《からだ》と可愛《かわい》らしい顔立ちが災いして、実年齢よりかなり若く見られがちだ。

つい最近も、外国人にティーンエイジャーだと思われた。目の前の男性が同じように思った可能性はある。

見た目だけで断られたらどうしよう。広告代理店には面接の日にちを変更してもらうように頼むべきだったかもしれない。

早まった行動を悔やみ始めると、不意に男性が表情を和らげ片手を差し出してきた。

『私はファビアン・ウッドヴィル。ここの家主だ』

『はじめまして、よろしくお願いします』

とりあえず面接はしてもらえるようで安心した和泉は、笑顔で握手を交わす。

『詳しいことは中で話そう。さあ、入って』

そう言って微笑《ほほえ》んだファビアンが、玄関の中に迎え入れてくれた。

広々とした玄関ホールと、その先にある廊下とのあいだに段差はなく、同じ幾何学模様の絨毯《じゅうたん》が敷き詰められている。

ホールの正面に真っ直《ます》ぐな廊下があり、左手に二階へと続く螺旋《らせん》階段が設けられていた。

玄関には靴を脱ぐ場所もなければ、靴箱もない。スリッパの類《たぐ》いも見当たらず、この屋敷では西洋さながら靴を履いたまま生活しているとわかる。

『こっちに来て』

片手で手招いてきたファビアンが歩き出し、和泉は一礼してあとに従う。

屋敷の中はただでさえ静かなのに、絨毯が敷かれていて靴音がしないため、二人で歩いていてもほぼ無音の状態だ。

年代を感じさせる調度品の数々をさりげなく眺めつつ廊下を歩いて行くと、ファビアンが扉の開かれた部屋へと入っていった。

『失礼します』

和泉は一礼して中に入っていく。

そこは白い大理石のマントルピースに飾られた暖炉がある、ビクトリア時代を彷彿《ほうふつ》とさせる居間だった。

高い天井に煌《きら》めくシャンデリア。床には毛足の長い絨毯が敷かれ、暖炉の前にある楕円形《だえんけい》のテーブルを挟み、長椅子が向かい合わせに置かれている。

華奢な猫脚のテーブルと長椅子は年季が感じられる代物《しろもの》で、落ち着いた部屋の雰囲気によく合っていた。

カーテンを開け放したアーチ型の大きな窓からは、柔らかな陽差しが差し込んでいる。

『座って』

先に長椅子に座ったファビアンに促され、和泉は一礼して向かい側に腰を下ろし、提げていたビジネスバッグを脇に下ろした。

『履歴書を見せてもらえるかな?』

優雅に脚を組んだファビアンが、片手を差し出してくる。

(あっ……)

履歴書の用意があると安心していたが、日本語で書いてあることをふと思い出してにわかに焦った。

日本語が読めなければ意味がない。さてどうしたものかと必死に思いを巡らせる。

『履歴書を持っていると聞いているが？』

ファビアンが訝しげに眉根《まゆね》を寄せた。

このまま黙っていたのでは印象が悪くなる。そう考えた和泉は、神妙な面持《おもも》ちで彼を見つめ、深く頭を下げた。

『申し訳ありません、日本語の履歴書しか持っていないのです。英語の履歴書を書いてきますので、面接の日を改めていただけないでしょうか？』

「日本語の履歴書でかまわないよ」

ファビアンが早く寄こせというように、手振りで示してくる。

「あっ、あの……」

和泉は流暢《りゅうちょう》な日本語を口にした彼を唖然《あぜん》と見返す。

求人条件に要英会話とあり、ファビアンの第一声が英語だったから、まるで日本語を理解しないのだと思い込んでいたが、どうやら違っていたようだ。

「どの程度、英語で会話ができるのか確かめさせてもらったんだよ、試すような真似をして申し訳なかったね」

「いえ、そんな……」

柔らかに笑った彼にとんでもないと首を振り、ビジネスバッグから取り出した封筒入りの履歴書を両手で差し出す。

ファビアンは詫びてきたけれど、雇い主としては当然のことだ。それに、試されたのに少しも嫌な気分になっていない。きっと、穏やかそうな彼の人柄が、自然と伝わってくるからだろう。

「こちらになります」

「見させてもらうよ」

封筒から抜き取った履歴書を広げたファビアンが、真剣な面持ちで目を通していく。

それにしても、なんて端整な顔をしているのだろうか。いまどき、これほど三つ揃いのスーツが似合う男性が他にいるだろうか。とにかく、惚《ほ》れ惚《ぼ》れするほど格好いい。

ビクトリア時代を思わせるしっとりとした居間の雰囲気もあってか、まるで映画のワンシーンを見ているような気分だった。

「仕事の内容は、料理以外の家事だ。まあ、掃除と洗濯、あとは細々としたことだが、暮らしているのは私とシェフの二人だけなので、そう難しいことはない」

「住み込みのシェフがいらっしゃるんですか？」

「ああ、そうだ」

ファビアンが軽くうなずく。

ひとり暮らしなのに専属の料理人がいるのだから、なんとも贅沢《ぜいたく》な話だ。いったい彼は何者なのだろうか。

「あの……ウッドヴィルさんのお仕事を伺ってもよろしいでしょうか？」

「私はアンティークの家具などを扱う貿易会社を経営している。会社はロンドンにあるのだが、東京でショップを開くことにしたので、その準備のためここに滞在しているのだ」

嫌な顔ひとつすることなく、ファビアンは質問に答えてくれた。

貿易商を営むイギリス人ということか。まだ若いというのに、東京に進出しようとしているのだから、経営者として素晴らしい手腕の持ち主に違いない。

完璧な容姿をしているだけでなく、仕事も順風満帆なのだから羨《うらや》ましいかぎりだ。

「では、こちらのお宅は借りていらっしゃるということですか？」

「いや、この屋敷はかつて父が購入したもので、今は私が相続して管理している」

「素敵なお屋敷ですね」

素直に褒め言葉を口にすると、ファビアンが嬉《うれ》しそうに目元を和らげてうなずいた。彼にとっても自慢の屋敷に違いない。

東京の一等地に建つ瀟洒《しょうしゃ》な洋館を手に入れた彼の父親とは、いったいどんな人物なのだろうか。そして、自ら貿易会社を経営しているファビアンも気になるところだ。

「他に訊《き》きたいことはあるかな？」

「すみません、できればお給料を……」

自分から口にするのが憚《はばか》られることだけに、語尾を曖昧《あいまい》に濁してしまった。

ただ、張り紙には賃金についていっさい書かれていなかったのだ。さすがに、幾らもらえるかわからないまま話を進めることはできない。

「住み込みで働いてもらうのは、勤務時間が不規則になる可能性があるからで、そのあたりを考慮して月に三十万といったところかな」

「さ……三十万……」

ポカンと口を開けた和泉は、ファビアンを見たまま瞬《まばた》きを繰り返す。

大卒であっても、余程のことがないかぎり初任給は三十万に届かないはずだ。

会社勤めではないから、保険料や税金などは自分で支払うことになるにしても、家賃が必要ないことを考えるとかなりの高給だ。

ホテルの仕事も勤務時間が不規則だったので、そのあたりはまったく気にならない。

「三十万では不満かな？」

「いえ、とんでもない」

ファビアンの顔つきからすると交渉の余地ありといった感じだったが、賃金に関しては文句のつけようがなかった。

「他に訊きたいことがなければ……」

「あっ、すみません、もうひとつだけ」

「なんだい？」

慌《あわ》てて口を挟んだ和泉を、ファビアンが笑いながら見返してくる。

「働く期間はどれくらいなんでしょうか？」

膝《ひざ》を揃えて座ったまま、わずかに身を乗り出す。

この屋敷はファビアンのものだが、現状は仮住まいだ。新店舗の準備のために滞在しているというのだから、何年間もここで暮らすわけではないだろう。

彼が一、二ヶ月で帰国してしまったら、その時点でまた職を失ってしまうことになる。

仮に雇ってもらえたとしても、それでは再就職した意味がないのだ。

「ロンドンと行き来するため屋敷を空《あ》けることもあるが、最低でも一年はこちらで暮らす予定だ」

「一年ですね、ありがとうございました」

笑顔で礼を言った和泉に大きくうなずき返したファビアンが、手にしていた履歴書をテーブルに下ろす。

「では、私から少し確認させてもらうよ」

今度は和泉がいろいろ訊かれる番だ。わかっていたこととはいえ、久しぶりの面接だけに少しばかり身構える。

「前の仕事を辞めた理由を訊いてもいいかな？」

穏やかな口調で訊《たず》ねてきた彼が、軽く首を傾《かし》げて見つめてきた。

「辞めたというか、会社が倒産したので失職しました」

「なるほど……とはいえ、ホテルの仕事をしていたのであれば、就職先はいくらでもありそうなものだが？」

「高卒なので中途採用は難しくて……」

学歴がない自分が恥ずかしくなり、和泉は唇を嚙《か》んで視線を落とした。

高校生の時、進路を決めるにあたってまず頭に浮かんだのは、これ以上は両親に苦労をかけたくないという気持ちだった。

その時の判断は間違っていないと思いたい。ただ、こうして高卒での就職が厳しい現実を目《ま》の当たりにすると、大学進学を諦めなければよかったと後悔してしまうのだ。

「ようするに、今の君はとにかく仕事にありつきたいということなのかな？」

ファビアンから問いかけられ、和泉はおずおずと視線を上げる。

彼が向けてくる視線はひどく柔らかで、学歴がないことを馬鹿にしているようには見受けられない。単純に現状を確認しているだけのようだ。

「はい。ハウスキーパーという仕事は経験したことがありませんが、親の手伝いを含めて家事はずっとやってきています。ご期待に添えるよう一生懸命、働きますので、よろしくお願いします」

背筋を伸ばして真っ直ぐに彼を見つめ、深く頭を下げた。

初めての仕事に不安がないと言えば嘘《うそ》になる。それでも、やる気だけは誰にも負けない。雇ってほしい一心の和泉は、真摯《しんし》な瞳をファビアンに向ける。

「意気込みは買うが、まだ若い君が住み込みでハウスキーパーの仕事をすることに、ご両親は反対したりしないのか？」

「両親はもう他界してますし、他に家族もいないので大丈夫です」

「それは失礼した」

プライベートに踏み込んでしまったことを申し訳なく思ったのか、彼は神妙な面持ちで軽く頭を下げて詫びてくれた。

「あの……それで採用していただけるんでしょうか？」

「ああ、いつから働けるのかな？」

「雇っていただけるんですか？」

「条件は満たしているし、なにより仕事に対する意欲が見て取れたからね。よければ一年の契約をしたい」

「ありがとうございます」

和泉は嬉しさに顔を綻《ほころ》ばせ、改めて深く頭を下げる。

月給三十万円の仕事が、こんなに簡単に決まるなんて信じられなかった。

本当ならもっと長く働きたいところだが、一年でも充分に稼げる。しっかり貯金をして、余裕ができたところで新たな就職先を探せばいいのだ。

「それで、いつから働けるんだい？」

「あっ、すみません……アパートの解約や荷物をまとめる準備があるので、明後日《あさって》からで大丈夫でしょうか？」

「そうしてもらえると助かるよ」

「こちらこそ、すぐに働くことができて嬉しいです」

「契約書を取ってくるから、ここで待っていてくれ」

長椅子から腰を上げたファビアンが、足早に居間を出て行く。

その顔は和泉と同じくらい嬉しそうだ。

「よかったぁ……」

彼の後ろ姿を目で追っていた和泉は、安堵の笑みを浮かべて知らぬ間に強張《こわば》っていた肩の力を抜いた。

二十三歳にしてハウスキーパーの職に就くとは思っていなかったけれど、これまで探してきた仕事の中で最高の賃金であり、条件としても申し分ない。

電信柱の張り紙に目が留まってよかったと本当に思う。英語で書かれていなかったら、まず見過ごしていただろう。英語を学べと言ってくれた父親に心から感謝した。

「そういえば、ウッドヴィルさんは日本語が話せるのに、どうして条件に要英会話が入っていたんだろう？　あっ、住み込みのシェフが英語しかダメなのかな？」

まだまだわからないことがたくさんあるのに、不安よりも楽しみのほうが募ってきた。

新しい仕事先が決まらないまま過ぎていく日々に、焦るばかりだった。不安で眠れない夜もあった。これでようやく安心できる。

それだけではない。格好よくて優しそうなファビアンのもとで働けるのが嬉しく、これまでになく仕事に対する意欲が湧《わ》いている。

「まずは不動産屋さんに行かないと……いきなり契約解除ってできるのかな……」

明後日から働くと言ってしまった手前、ぐずぐずしていられない。

ファビアンが戻ってくるのを待つあいだ、和泉は明日中にすべてを片づけるにはどうしたらいいだろうかと、あれこれ考えていた。

# 第二章

一夜明け、早起きしてコットンシャツとデニムパンツに着替えた和泉は、簡単に朝食をすませてから荷物の整理を始めていた。

気がかりだったアパートの中途解約も、一ヶ月分の家賃を払うことで完了し、あとはファビアンの屋敷に持っていく荷物を纏めるだけだ。

ひとり暮らしを始めるにあたり、荷物は最小限に留《とど》めてきた。六畳一間のアパートにある家具はパイプベッド、五段の整理箪笥《だんす》、脚が折りたためる低いテーブルのみ。

電化製品はツードアの冷蔵庫、電子レンジ、洗濯機で、これらはみな両親と暮らしているときから使っていたものだ。

便利屋に引き取ってもらう手配をしてあり、午後には部屋から運び出されてしまう。

愛着があるとはいえ、騙《だま》し騙し使ってきた古い電化製品は、もうお役御免にしてもいいだろう。

明日から一年間、ファビアンの屋敷でしっかり働いて貯金をする。そして、新しい部屋を借り、勤め先を探すのだ。

金銭的に余裕ができれば焦りもなくなり、きっと安定した仕事を見つけられるはず。それから第二の人生が始まると思えば、俄然《がぜん》、やる気になるというものだ。

「アルバムかぁ……」

古びた段ボール箱に、何冊ものアルバムが入っている。

卒業記念のアルバムや、家族で撮った写真を年代順に貼ったアルバムだ。

引っ越してきてからずっと、箱に入れたまま押し入れにしまってあり、一度も取り出して見ることがなかった。

両親と撮った写真を見れば寂しくなるし、学生時代はあまり楽しい思い出もないからだ。

この先も見ることはなさそうだが、かといって捨てるのは忍びない。ファビアンの屋敷に段ボール箱ごと運ぶかどうかを迷ってしまう。

「とりあえず持っていこうかな……」

元通りフタを閉め、別の段ボール箱を押し入れから引っ張り出して開ける。

中身は子供のころに遊んだオモチャの数々だった。

母親が残しておいてくれたもので、こちらもいまだ捨てられずにいる。

「さすがにもういらないか……」

希少価値があるようなオモチャであれば売ることも考えるが、ありふれたものばかりで値はつきそうにない。

いまさらオモチャで遊ぶこともないだろうから、潔く処分をするのにはいい機会かもしれなかった。

「あれ……」

オモチャに紛《まぎ》れ込んでいる小箱に気づき、取り出して見る。

厚みのある五センチ四方の箱で、なにが入っているのだろうかと開けてみると、銀色の指輪が入っていた。

指輪は五ミリほどの幅があり、幾何学模様がぐるりと刻まれている。サイズはかなり小さめだ。

「なんでこんなところに……」

自ら指輪を購入した記憶がない。もとより、アクセサリーの類いに興味がないのだから、買うはずもない。

「母さんの？」

オモチャをしまっておいた段ボール箱に、どうして母親の持ち物が入っていたのかわからないけれど、父親の指輪とは考えにくかった。

「小さいから小指かな……」

試しに左手の小指にはめてみると、指輪のサイズがぴったりだった。

「このままにしておこうっと……」

これといって邪魔《じゃま》な感じもしない。それに、身に着けていればなくさずにすみそうな気がした。

「これは燃えないゴミ」

オモチャが入っている段ボール箱を、部屋の隅に押しやる。

明朝は可燃ゴミの収集日で、不燃ゴミを出すことができない。そのため、便利屋に相談して引き取ってもらうことにした。

あれこれ出費が増えてしまうが、これればかりはどうしようもない。新たな生活のためと割り切るだけだ。

「あとは着る物か……」

押し入れの奥から大きなボストンバッグを取り出し、手持ちの衣類を手当たり次第、詰め込んでいく。

引っ越し業者には単身用のお手軽なパックもあるが、大きな家具があるわけではないから頼むのはやめた。

衣類と日用品は自分で持っていき、重くて運べない段ボール箱などは、宅配便を使うことにしたのだ。

「どんどん荷物が少なくなってくなぁ……」

今回で三度目の引っ越しとなる。

両親と一緒のときから質素な暮らしをしていて、ひとりになってからはそれに輪をかけるような生活を送ってきた。

まさか、家具や電化製品を処分する日が来るとは思っていなかった。ただ、寂しさや悲しさはない。高収入を得られる職に就けたことで、未来が明るく感じられているのだ。

ファビアンとまだ見ぬ住み込みの料理人が暮らす屋敷で、明日からハウスキーパーとして働く。

料理はしなくていいとのことだから、主なる仕事は掃除と洗濯になるだろう。

広い屋敷の掃除には時間がかかりそうだが、それでも簡単な仕事に思えてしまう。

ただ、三十万円も支払うことを考えると、それなりの理由があるはずで気は抜けない。

屋敷で仕事をしているファビアンを、日々、客人が訪ねてくるのかもしれないし、家事以外の細々とした仕事を言いつけられる可能性もあった。

「仕事をするの何日ぶりだろう……頑張らなきゃ……」

どういった一日を過ごすことになるのか、まだ想像もつかないでいるが、再び働くことができる喜びが仕事に対する意欲に変わる。

報酬に見合うようしっかりと働き、ファビアンに雇ってよかったと思ってもらいたい。

「なんか急にどきどきしてきた……」

意欲が湧いてきた矢先、これからの生活に対する期待と不安からか、いきなり鼓動が跳ね上がり、慌てて胸に両手をあてる。

未知の仕事に対する不安よりも、他人の家で寝泊まりしながら働くことの不安のほうが大きい。

これまでとは、まったく違った生活になるのであり、不安を感じないほうがおかしい。

「大丈夫、専用の部屋もあるんだから、今までとたいして変わらない」

自らに強く言い聞かせて気持ちを取り直した和泉は、大きく口を広げたボストンバッグに手当たり次第、衣類を詰めていった。

# 第三章

「おはよう」

ボストンバッグと大きな紙袋を提げて屋敷を訪ねた和泉を、ファビアンが自ら出迎えてくれた。

先日と同じ三つ揃いのスーツに身を包んだ彼は、満面の笑みを浮かべている。親しみ深い笑顔に、胸の内に残っていた一抹《いちまつ》の不安が吹き飛ぶ。

それにしても相変わらず格好いい。今日も和泉はとりあえずスーツを着てきたけれど、同じ男として差を見せつけられているようで悲しくなる。

背格好も顔立ちも、なにもかもが違うのだから、彼と同じように三つ揃いを着たところで似合うはずもないのだから、現実を受け入れるしかない。

「おはようございます。今日から一生懸命、働きますので、よろしくお願いします」

玄関先で挨拶《あいさつ》をした和泉は、荷物を提げたまま深々と頭を下げた。

「堅苦しい挨拶はいらないよ。さあ、入って」

そう言って笑ったファビアンが、屋敷の中に招き入れてくれる。

「制服を用意するから、向こうでサイズを測らせてもらうよ」

先に立った彼が、居間に向かう。

制服のことなど考えもしなかったけれど、確かにあったほうがいいだろう。でも、どうして契約書を交わしたあとで、サイズを測らなかったのだろうか。

(忘れてたのかな……)

気になったものの、問いただせる立場にない和泉は、おとなしく彼のあとに従う。

「荷物はそこに置いて」

「はい」

長椅子の脇に立つファビアンに床を示され、両手に提げてきた荷物を下ろす。

「靴のサイズは？」

「二十四・五センチです」

「こっちに来て、上着を脱いで」

テーブルからメジャーを取り上げた彼が、片手で手招いてくる。

言われるまま歩み寄り、脱いだ上着を軽く畳んで長椅子の背にかけた。

後ろに回り込んできたファビアンが、まずは肩幅、次に袖丈《そでたけ》を測り、テーブルに置いてあるメモ用紙に書き留める。

「両手を広げて」

前に立ってきた彼が、和泉の胸にメジャーを巻きつけてきた。

彼は真剣な顔をしているけれど、あまりにも距離が近いせいか妙に恥ずかしい。

それに、シャツ越しに感じるメジャーがこそばゆく、思わず身震いしてしまう。

「くすぐったい？」

「すみません……」

ファビアンに笑われ、頬《ほお》を染めて項垂《うなだ》れた。

「和泉は細いな」

いきなり呼び捨てにされ、ドキッとする。

ホテルで働いていたときも、顔なじみの外国人は気軽に呼び捨てにしてきたし、それが当たり前でなにも思うことはなかった。

それなのに、ファビアンに呼ばれた瞬間、なぜか懐かしさを感じてしまったのだ。まるで古い知り合いから呼ばれたような、そんな錯覚を起こした。

「手首もこんな……」

手を取ってきた彼が、ふと口を噤《つぐ》んだ。

どうしたのだろうかと目線を上げると、彼は和泉の手元をジッと見つめていた。

「この前もこの指輪してた？」

目ざとく指輪に気づいたようだ。

アクセサリーを身に着けるのは不味《まず》かっただろうかと、にわかに慌てる。

「あっ、あの……荷物の整理をしていたら母の形見が出てきたので、なくさないようにはめておこうかと……」

「母上の形見？」

「はい」

眉根を寄せて見返してきたファビアンに、和泉は神妙な面持ちでうなずいた。

「なるほど、母上の形見か……」

彼の表情がより険しくなる。機嫌を損ねてしまったようだ。やはりアクセサリーは相応《ふさわ》しくなかったのだ。

「し……仕事に邪魔になるので外します」

考えなしに指輪をはめてきたことを恥じ、すぐさま外そうとした和泉の手を、ファビアンが制してくる。

「指輪なら邪魔になどならないだろう、そのままでかまわない」

「はい……」

そう言われてしまえば従うしかなく、素直に手を下ろした。

母の形見だから許してくれたのかもしれない。彼の思いやりを有り難く受け止める。

「それにしても細い、胸のサイズ以外はまるで少女のような細さだな」

一通り測り終えてメモしたファビアンが、呆《あき》れたような顔つきで和泉を眺めてきた。

同世代の男性と比べても、貧弱な身体だと自覚している。幼いころから華奢ではあったけれど、成長期を迎えても身長は伸び悩み、男らしさとはほど遠い身体つきなのだ。

「きちんと食事はしているのか？」

しげしげと見つめてくる彼に痛いところを突かれ、恥じ入ったように視線を逸《そ》らす。

子供のころから三度の食事は欠かしていないが、なにしろ贅沢などできる身ではないからいつも粗食だった。

ひとり暮らしを始めてからは、節約しなければといった思いから、ますます粗食になっているのだ。

「どう見ても栄養が足りていないようだが？」

「きちんと食べてはいますけど、あまりお金をかけられないので……」

間近から顔を覗《のぞ》き込まれ、思わず本音が口を突いて出てしまった。

「では、私が屋敷にいるときは一緒に食事をするんだ、いいな？」

「で、でも……」

気遣ってくれるのは嬉しいけれど、さすがに雇用主と一緒に食事はできない。

「これは命令だ」

思いのほか厳しい口調で言われ、一瞬にして緊張が走る。

命令と言われたら断れない。

「わかりました」

素直な返事に満足したのか、ファビアンが顔を綻ばせた。

柔らかな笑顔を見て、和泉は胸を撫で下ろす。

「さあ、君の部屋に案内しよう」

メジャーを軽く纏めてテーブルに下ろした彼が、ついてくるようにと手振りで示し、ゆったりとした足取りで居間を出て行く。

和泉は荷物を取り上げ彼のあとを追ったが、上着を忘れたことに気づいて慌ただしく長椅子に戻った。

「急がないと……」

上着を紙袋に押し込み、すでに廊下に出ているファビアンを追いかける。

走るのは憚られたが、あまり遅れを取りたくない思いから、自然と駆け足になった。

（ドアがいっぱいある……）

長い廊下の両脇に幾つもの扉がある。

二階建ての屋敷には、どれくらいの部屋があるのだろうか。想像していた以上に、掃除をするのが大変そうだ。

そんなことを考えつつあとを追っていた和泉を、不意にファビアンが足を止めて振り返ってきた。

「ここがダイニング・ルームだ。あとでシェフを紹介する」

「はい」

彼の少し手前で足を止め、指さす扉を見つめる。

部屋の名称が書かれているわけではないが、各部屋の扉に異なる絵柄の銅板が飾られていることに気づいていた和泉は、ダイニング・ルームの目印である葡萄《ぶどう》の絵をしっかりと記憶に留める。

「和泉の部屋はこの先だ」

再びファビアンが真っ直ぐに延びた廊下を歩き出す。

廊下の両脇に幾つかの部屋があるだけだから、一階の造りはあまり複雑ではなさそうだった。と思ったのも束の間、廊下の突き当たりまで来たところで、ふと彼の姿が見えなくなる。

突き当たりで終わりだと思っていたから驚きだ。

彼のあとについて廊下を曲がると、短くて狭い廊下が続いていて、数メートル先に扉が見えた。

狭い廊下の両脇に扉はひとつもない。どうやら、正面にある部屋がこれからの住まいとなるようだ。

「ここだよ」

扉を開けたファビアンが中に入り、そのあとに続く。

「広い……」

思わず声をもらすと、彼が笑いながら振り返ってきた。

「驚くほどのこともないと思うが？」

「いえ、いままで借りていたアパートの倍くらいの広さがあります」

「倍か……」

彼がなんとも言い難い顔で見つめてくる。

屋敷の一室よりも狭い部屋で暮らしていた自分のことを、彼は哀れに思ってしまったのかもしれない。

歴然たる格差に羞恥を覚えると同時に、馬鹿正直に答えてしまったことが悔やまれてならなかった。

「キッチンもあるんですね？」

気を取り直して明るい声をあげ、両手に提げている荷物を床に下ろす。

「こちらで三食用意するとはいえ、夜食が食べたいときもあるだろう？」

冗談めかしたファビアンが、キッチンの反対側にある扉を指さした。

「そこがトイレとバスルームだ」

「はい」

「昼食は十二時からだから、それまで自由にしていい。なにか質問は？」

「ありません」

「では、昼食の時間に遅れないように」

笑顔でそう言い残した彼が、部屋を出て扉を閉める。

「鍵がないのかな？」

扉に鍵穴がみあたらず、近寄ってしげしげと眺めた。

使用人の部屋には鍵がないのが普通なのだろうか。

それにしても、きれいに片づけられている。しばらく誰も暮らしていなかったように感じられた。

「そういえば……」

一昨日《おととい》、電話に出た女性の姿が見当たらない。住み込みのハウスキーパーが決まるまでの臨時雇いで、通ってきていたのかもしれない。

「あとで訊いてみればいいか」

急ぐことでもないと思い直し、部屋の中をぐるりと見回す。

ガスコンロがひとつと流しがあるだけのこぢんまりとしたキッチン、正方形のテーブルに椅子が二つ、そして、しっかりとした造りのベッドがあった。

壁には造り付けのクローゼットが並んでいる。両開きの扉が二組ならんでいて、全体で一間ほどの幅がありそうだった。

「バス・トイレ付きかぁ……」

それぞれの扉を開けて中を確認していく。

ユニットバスに一般的な洋式のトイレで、ビクトリア調の洋館だけに似つかわしくない。どちらもまだ新しそうだから、使い勝手を考えてリフォームしたのかもしれない。

かつては、古めかしい猫脚のバスタブが置かれていたのだろうか。トイレはどういった造りだったのだろうか。あれこれ想像するのも楽しかった。

「今日からここが僕の部屋……」

時代を感じるキルトのカバーがかけられたベッドに上がり、大の字になって寝転ぶ。

「天井が高いと気持ちいい」

これまでベッドに寝転がって眺めてきたのは、シミが浮かんだ木目の天井と、プラスチックのシェードがついた蛍光灯だ。

それが、爽《さわ》やかなクリーム色の天井と、洒落《しゃれ》たペンダント型のランプに替わった。まるで別世界だ。

こんな広い部屋に住めて、高額の報酬が得られるなんて信じられない。もちろん、しっかり働くけれど、あまりにも待遇がよすぎて罰《ばち》が当たりそうだ。

「お昼まで、まだ三時間近くある……」

荷物を片づけても、たっぷり時間が余ってしまう。

慌てる必要はなさそうだと思った和泉はベッドで大の字になったまま、しばらく居心地のよさに浸っていた。

＊＊＊＊

十二時少し前にスーツ姿で部屋を出た和泉は、廊下で一緒になったファビアンに調理場へと連れてこられた。

「私の食事を作ってくれている、高野辺《たかのべ》恭吾《きょうご》君だ」

ファビアンから紹介された和泉は、白いコックコートに身を包んだ高野辺に向けて丁寧に頭を下げる。

「はじめまして、本日よりハウスキーパーとして働くことになりました三津坂和泉です。よろしくお願いします」

「こちらこそ、よろしく」

精悍《せいかん》な顔に笑みを浮かべた高野辺が、スッと片手を差し出してきた。

当たり前のように握手を求めてきたのは、海外で暮らした経験があるからだろう。

「よろしくお願いします」

前に出て高野辺と握手を交わす。

しっかりとした体軀《たいく》をしているだけあり、握手も力強かった。

年齢は三十代前半といったところだが、専属の料理人として雇われているのだから、腕は確かなのだろう。

「恭吾はロンドンの屋敷で父の代からずっと働いていてくれていてね、今回、無理を言って連れてきたんだ」

ファビアンの説明に、和泉は思わず目を瞠る。

ロンドンに屋敷を構えるイギリス人に仕える日本人の料理人。高野辺はなかなか面白い経歴の持ち主のようだ。

「さあ、昼食にしよう」

ファビアンはそう言って調理場を出て行ってしまったが、和泉は己の立場を考えてその場に留まった。

調理場には高野辺の他に、誰もいる気配がない。彼は料理をするだけでなく、給仕もしていると思われる。

食事を一緒にすることになったとはいえ、あくまでも自分は雇われの身なのだから、手伝うべきと判断したのだ。

「お料理をテーブルに運びます」

「ファビアンと一緒に食べるんだろう？」

「そういう決まりになっただけで、僕はウッドヴィルさんの使用人ですから」

「じゃあ、そこのトレイを持ってきて」

納得したように笑った高野辺が、広い調理台の端に置かれた大きなトレイを指さす。

使用人が主人と同じテーブルで食事をするのは、本来おかしなことだ。

それでも、あれこれ理由を訊ねてこないのは、思うところがあっても口に出さずにいるのだろうか。それとも、あまり関心がないからだろうか。

さばさばとした口調から後者だと感じた和泉は、高野辺と会ったばかりにもかかわらず、上手くやっていけそうな気がした。

「今日のランチメニューは、コンソメスープ、チキンパイの温野菜添えだ」

和泉が手にしたトレイに、高野辺が次々に皿を載せていく。

「いい匂《にお》い……」

焼きたてのパイの香ばしい匂いに、思わず顔が綻ぶ。

「ウッドヴィル侯爵家直伝《じきでん》のチキンパイだ」

「侯爵家？　ウッドヴィルさんって貴族なんですか？」

「うん？　知らないのか？　ファビアンはウッドヴィル侯爵家の当主だぞ」

高野辺から聞かされた驚きの事実に、和泉は言葉にならない。

ファビアンの気品ある風貌と立ち居振る舞いは、貴族だからこそのものだったのだ。

侯爵といえばかなり上の位だ。その当主となると、イギリスでもかなり名の知れた身分である可能性が高い。

貴族が暮らす屋敷で働くことになったのだ。掃除と洗濯くらいと言っていたけれど、思うほど生やさしい仕事ではないだろう。これまでにない緊張感に襲われた。

「いつまでボーッとしているんだ？　冷めるから早く運んでくれ」

高野辺から急《せ》かすように片手を振られ、慌ててダイニング・ルームに向かう。

調理場とを仕切る扉はどちらからでも出入りできるようになっていて、大きなトレイを両手で持っている和泉は背で押し開ける。

「お待たせいたしました」

すでにファビアンは純白のクロスがかけられた、丸い大きなテーブルに着いている。

運んできたトレイをテーブルの脇に下ろし、まずは彼の前に料理を並べていく。

自分でもわかるくらい、動きがぎくしゃくしている。気づかれないようにしなければと、強く自分に言い聞かせた。

「和泉はそこに」

向かい側の席を指で示され、トレイに残る料理を並べる。

空《から》になったトレイをどうすべきかと迷ったところに、透明なガラスのピッチャーを手に高野辺が姿を現す。

「今夜のデザートはブラウニーかレアチーズケーキにしようと思うんだけど、どっちがいいかな?」

「ブラウニーは久しく食べていないな」

「じゃあ、ブラウニーにするよ」

まるで友人同士のようにファビアンと言葉を交わした高野辺は、ピッチャーの水をグラスに満たし終えると、空のトレイを手に調理場に戻っていった。

専属の料理人とはいえ、使用人であることに変わりない。いったい、ファビアンと高野辺はどういった関係なのだろうか。

不思議な思いで高野辺の後ろ姿を見ていた和泉は、彼の姿が調理場に消えたとたん気まずさを覚え、テーブルの脇に立ったままもじもじとする。

豪奢なダイニング・ルームに、ファビアンと二人きりになってしまった。ただでさえ緊張するというのに、相手は本物の貴族なのだから逃げ出したい気分だ。

「座って」

ファビアンから促され、これは命令なのだと意を決した。

「失礼します」

一礼して椅子に腰かけ、テーブルに置かれたナプキンを膝に広げる。

「遠慮なく食べて」

さっそくスプーンを手にしたファビアンが、透き通った黄金色《こがね》のスープをすくって口に運ぶ。ホテル勤めでテーブルマナーは身についている。正式な形態で食事をすること自体に不安はない。

けれど、なかなかスプーンに手が伸ばせない。貴族は食事のときも厳格そうで、あちらこちらが強張っている。

緊張の度合いが強いと、こんなにも人は動きが自由にならなくなるのだと実感した。

「嫌いなものがあるのか？」

料理に手をつけないでいるのを不思議に思ったのか、食事の手を止めたファビアンが訝しげに見つめてくる。

「いえ……あの……ウッドヴィルさんが侯爵家のご当主だと高野辺さんから伺って……それで……」

「爵位を継いだ兄が他界したため私が侯爵となっただけで、本来であれば次男の私は貴族でもなんでもないただのイギリス人だ」

たいしたことではないと言いたげに笑い、再びスープを飲み始めた彼を和泉は解せない思いで見返す。

「貴族の家に生まれた方は、みな貴族ではないのですか？」

「いろいろ面倒な決まりがあるんだよ。世襲制なので爵位を継げるのは長男に限られる。ようするに、長男以外は貴族の子ではあるが、貴族ではないということだ」

「不勉強で申し訳ありません」

知識のなさを恥じ、和泉は頭を下げた。

「和泉は知らなくても困ることがないのだから、謝る必要などないよ」

柔らかに微笑んだファビアンは飲み終えたスープの皿を脇に避《よ》け、チキンパイが盛られた皿を引き寄せ、ナイフとフォークを手に取る。

彼はひとつひとつの動きがとても優雅だ。爵位を受け継ぐことがなければ、ただの人のままだったということだが、やはり彼の中には貴族の血が流れているのだ。

「このパイは和泉も気に入ると思うよ」

笑みを絶やすことなく言った彼が、こんがりと焼き上がったパイにナイフを入れると、サクッと軽やかな音がした。なんと美味《おい》しそうな音だろうか。

「いただきます」

緊張から料理に手を出せないでいた和泉も、にわかに湧き上がった食欲にスプーンを手に取りスープを飲み始めた。

早くチキンパイを食べたいけれど、がっつくような真似はできない。音を立てないよう慎重にスープを飲んでいく。

黄金色のコンソメスープはほどよい温度で、驚くほど喉《のど》ごしがいい。香りが高く、深い味わいのスープを瞬《また》く間に飲み干し、そっと皿を脇にずらす。

ファビアンの視線を感じてさりげなく目を向けると、満足そうな笑みを浮かべていた。

「とても美味しかったです」

「これはもっと美味《うま》いよ」

彼が自分のチキンパイを指さす。

彼のパイはもう残り少なくなっている。好物の一品なのだろう。

和泉はチキンパイの皿を引き寄せ、さっそくナイフを入れていく。

サクサクとした感触が小気味いい。バターの甘い香り、さらにはチキンと香草が混じり合う香りに、ますます食欲がそそられる。

パイと一緒にチキンを口に運ぶと、さまざまな味と香りが口一杯に広がり、その美味しさに自然と頬《ほお》が緩む。

「どう？」

チキンパイを頬張っている和泉を、ファビアンが興味津々といった顔で見つめてくる。

「こんなに美味しいチキンパイを食べるのは初めてです」

「気に入ってもらえると思ってたよ」

和泉の正直な感想に、彼が嬉しそうに目を細めた。

ファビアンの親しみ易《やす》い口調に緊張感が薄まり、少し肩の力が抜けてきたようだ。

「あの……どうしてご自分で会社を経営なさっているんですか？」

ふと気になった和泉が素朴な疑問を投げかけると、ファビアンは食事の手を止めて見返してきた。

「貴族は金持ちだから、働かなくても楽に生きていけると思ってるのかな？」

「ええ、まあ……」

答えでなく問いを返してきた彼を、違うのだろうかと首を傾げて見つめる。

広大な屋敷で暮らす貴族はあくせく働くこともなく、優雅で贅沢な日々を送っているイメージがあったのだ。

「勘違いされることも多いけど、今の時代は貴族も大変なんだよ。城や屋敷を維持するだけで膨大な費用がかかるから、資産が乏しい貴族は遊んでいられない」

「じゃあ、ウッドヴィルさんのように、仕事をしていらっしゃる方が多くいるとか？」

「ファビアンでかまわない」

「あっ……はい」

呼び方を直され、和泉は素直にうなずきかえした。

雇い主を呼び捨てにするのは抵抗がある。けれど、彼の言葉に背くことはできない。

「城をホテルや博物館にしたり、投資をしたり、会社を起こしたりと、みなあの手この手で維持費を捻出しているんだ」

ファビアンの説明に、驚きに目を瞠《みは》って耳を傾ける。

貴族の実情は、想像を遥《はる》かに超えていた。

「ただ、私が仕事を始めたのは、爵位を継ぐ立場になかったからで、屋敷を維持するためではない」

「えっ？」

思いがけない彼の言葉に、和泉はどういうことかと長い睫《まつげ》を瞬《しばたた》かせる。

「次男はただの人って言っただろう？　親から小遣いをもらって生活するという方法もあるが、肩身の狭い思いをしたくない者は自分で稼ぐ方法を見つけるんだよ」

「貴族も貴族のお子さんも、本当に大変なんですね？」

華やかで豪華な世界しか頭に浮かんでこなかったから、ため息混じりにつぶやいて彼を見つめた。

貴族であってもなくても、働かなければならないなんて驚きだ。

爵位を持つものは、日々の生活費を稼ぐだけでなく、膨大な維持費を得る必要に迫られているのだから苦労は計り知れない。

とはいえ、貿易業の利益だけで彼がロンドンの屋敷を維持できているのであれば、それは素晴らしいことだ。

紳士然としている彼は穏やかそうに見えるが、仕事に対する厳しい一面を持っているのかもしれない。

「貴族制度が続くかぎりしかたないからね。それで、私は父の世話にはなりたくなかったから、大学時代の友人と共同で会社を立ち上げたんだよ」

「共同経営をなさっているんですか？」

新たな事実をまたひとつ知らされ、チキンパイに添えられた温野菜にフォークを刺していた和泉は、手を止めて彼に視線を向ける。

「そう、伯爵家の三男で爵位を継ぐ立場にないから、一緒に会社を立ち上げようということになったんだ。近いうちにこちらへ来るから紹介するよ」

早くもチキンパイと温野菜を食べ終えた彼がナプキンで口元を拭い、グラスを取り上げて水を飲んでいく。

ファビアンの共同経営者とは、いったいどんな人物なのだろうか。伯爵家の生まれともなると、やはりいかにも紳士といった感じなのだろうか。ファビアンと同じく、流暢な日本語を話すのだろうか。話を聞くほどに興味が湧いてくる。

食事をしながらあれこれ思いを巡らせていた和泉は、ふとした疑問が脳裏を過《よ》ぎり、ナイフとフォークをいったん皿に下ろす。

「そういえば、ファビアンはどうして日本語がお上手なんですか？」

「父が日本の大学で教鞭《きょうべん》を執っていたことがあって、しばらく私もこの屋敷で暮らしていたんだ」

「お父さまは大学教授でいらしたんですか？」

「変わり者でね」

ファビアンは笑って肩をすくめた。

貴族の大学教授がいることも驚きだが、ファビアンが日本で暮らしていたことになにより驚いた。

「私が十四、五歳のころのことだから、もう十年以上前になるな。二年ほどしかいなかったけれど、私は日本が大好きになった」

過去に思いを馳《は》せるように、彼が遠くを見つめる。

まるで時が止まったかのように、ダイニング・ルームが静寂に包まれた。

すっかり緊張からも解放されている。彼と話をしながら食事をするのが、楽しくさえ思えていた。

（十年前かぁ……）

そのころ自分はなにをしていただろうか。普段はあまり振り返ることのない過去に思いを馳せる。

（ああ、そういえば……）

小学校六年生のときに、外国人の男子生徒と知り合ったことをふと思い出した。

和泉は中学、高校は公立に通っていたのだが、小学生のころは著名人の子女が多く在籍することで有名な私立校で学んでいた。

小学校から高校まで一貫教育の学校で、年間行事が全校で行われることもあり、上級生と交流があった。

ふわふわした金髪で、青い目をした外国人生徒は、中学生だっただろうか。真偽のほどは定かでなかったが、どこかの国の王子だともっぱらの噂《うわさ》だった。

外国籍の生徒も珍しくなく、国際色豊かであったけれど、中でも金髪碧眼《へきがん》で美形の彼は目立つ存在だった。

（なんていう名前だったたっけ……）

記憶の糸を手繰《たぐ》ってみるが、外国人生徒の名前が出てこない。

彼とはいろいろ話をしたような気がするのに名前すら覚えていないのは、和泉は小学校を卒業すると同時にそれまでの記憶を封印してしまったからだ。

「和泉、そろそろ紅茶を頼む」

「は……はい？」

物思いに耽《ふけ》っていた和泉は、ファビアンの声にハッと我に返る。

「食後の紅茶を用意してくれないか？」

慌てた様子を見て彼が笑う。

使用人でありながら、すっかり腰を落ち着けてしまったことが恥ずかしくなる。

食事を終えたら、デザートや飲み物が出るのが普通だ。そんなことにも気づかないようでは、この仕事は務まらない。

「はい、いますぐ……」

しっかりしなければと自ら言い聞かせ、あたふたと椅子から立ち上がったとき、急にインターフォンが鳴ってドキッとする。

「私が出よう」

素早く席を立ったファビアンがインターフォンに向かう。

紅茶を頼まれている和泉は、応対している彼を横目で見つつテーブルを離れる。

「和泉、荷物が届いたようだ」

調理場の扉に手をかけたところで声をかけられ、迷い顔で彼を見返す。

「紅茶は恭吾に頼むから、荷物を受け取ってきてくれないか」

「はい」

ファビアンに一礼した和泉は、ダイニング・ルームをあとにして玄関に向かう。

「僕のかな……」

アパートから発送した荷物が届いたのだろうか。

玄関までできた和泉が扉を開けると、若い男性が満面の笑みで立っていた。

制服を着ていないから、宅配業者ではなさそうだ。どうやら自分の荷物ではなさそうだと思っていると、男性が持っている平たい箱を差し出してきた。

「ウッドヴィルさんにお届け物です。こちらにサインをお願いします」

「ご苦労さま」

ペンを借りて伝票にサインをし、荷物を受け取って扉を閉める。

大きさはそこそこあったがさしたる重さでもなく、そのまま両手で抱えてダイニング・ルームへと戻っていく。

「ファビアン宛のお荷物でした」

テーブルで紅茶を飲んでいるファビアンが、荷物を運んできた和泉を振り返ってくる。

すでに皿は片づけられていて、紅茶は彼のぶんしか用意されていない。食事はすんだのだから、あとは働いてもらうということか。

どこまで彼につきあえばいいのか迷いそうだったから、しっかりと線引きをしてくれるのは有り難い。

「それは和泉の制服だ」

「えっ？」

持っている箱をファビアンに指さされ、和泉は呆気《あっけ》に取られた。

サイズを測ったのは朝のことだ。それから幾らも時間が経《た》ってないというのに、もう届いたのだから驚きだ。

（ああ、そうか……）

勝手に誂えるのだと思ってしまったが、既製品であればその日のうちに届けてくれる業者もあるだろう。

「屋敷の中を案内するから、着替え終わったら居間に来てくれないか」

「わかりました」

一礼した和泉は、箱を抱えてダイニング・ルームを出て行く。

屋敷に来てから、まだこれといった仕事をしていない。制服に着替え、ようやくハウスキーパーとしての仕事が始まるのだ。

「どんな制服なんだろう……」

いそいそと自室に入った和泉は、ベッドに箱を下ろしてフタを外す。

ふんわりと被《かぶ》さっている白い薄紙を広げ、中身を取り出した。

「えっ？　なにこれ？」

両手を前に伸ばし、制服をしげしげと眺める。

どう見ても男性用ではなく、なにか手違いがあったようだ。

簡単に制服を畳んで戻した箱を、フタを外したまま抱えた和泉は大急ぎで戻る。すると、ファビアンがダイニング・ルームから出てきた。

「ファビアン、間違った制服が届いたみたいです」

声をかけて足早に歩み寄り、箱の中身を彼に見せる。

「いや、和泉に似合いそうだと思ってこれを選んだんだ」

「はぁ？　いくらなんでもこれを着て仕事なんかできません」

真顔で女性用の制服を選んだと言った彼を、唖然と見返した。

少しくらい派手な制服であっても、男性用ならば文句も言わない。けれど、これはそういう問題ではなかった。

彼が選んだのは、巷《ちまた》で人気のメイド服なのだ。白い小さな襟が付いた黒のワンピースで、足首までありそうな長いスカートは大きく膨らんでいる。

それとは別に、ボリュームのある純白のフリルがついたエプロンまで添えられていた。

どうして男の自分が、こんなものを着て仕事をしなければならないのか。メイド服を選んだファビアンの気が知れない。

「ハウスキーパーはいわばメイドだ。メイドはメイド服を着て仕事をするべきだと思わないか？」

あたかも当然のように言われ、開いた口が塞《ふさ》がらなくなる。

メイドという名称は女性に使われるものであり、男性ならばボーイだ。それぞれに相応しい制服があるのだから、理解に苦しむ。

「納得がいかない顔をしているな？」

「僕は女性ではありませんから」

言い返せる立場ではないけれど、こればかりは受け入れ難かった。

「私の選んだ制服を着るのがいやなのであれば、今回の契約はなかったことにするしかなさそうだ」

「そ……そんな……」

卑怯な手に出たファビアンを、唇を噛んで見返す。

「どうする？」

答えを迫ってきた彼は、あきらかに目が笑っている。

悪趣味としかいいようがない。面白がっている彼に腹が立つ。

本当なら断りたいところだが、アパートを引き払ってしまったから、帰る場所がない。

それに、月額三十万円という高給は捨てがたかった。

どうせ屋敷にはファビアンと高野辺しかいないのだから、恥ずかしい姿を大勢の目に晒《さら》すこともない。ここは仕事と割り切ったほうがよさそうだ。

「わかりました、これを着て仕事をします」

「では着替えておいで」

そう言ってにっこりしたファビアンに片手で急かされ、和泉は内心、ムッとしながらも自室に向かう。

「もう……なんでメイド服なんか……」

ベッドの上で箱をひっくり返すと、制服のあとから靴が落ちてきた。

踵《かかと》がほぼ平らな黒いエナメルの靴で、裏返すと自分の足のサイズと同じだった。

靴を床に下ろし、ベッドの上で制服を広げてみる。

これを着て働くのかと思うと気が重い。

「だいたい、どうやって着るんだ？」

ふてくされながらシャツとスラックスを脱ぎ捨て、下着一枚になったところで黒いワンピースを手に取る。

「ああ、ここか……」

背中にある長いファスナーを下ろし、足を入れて袖を通す。

袖は肩のあたりが大きく盛り上がっていて、肘《ひじ》の少し上から白いカフスがついた袖口にかけて細く仕立てられている。

「ひえっ……」

ワンピースなど着たことがないから、背中のファスナーを引き上げるだけで一苦労だ。背中に手を回して押し上げたり、肩越しに引き上げたりして、どうにかファスナーを閉めた。

「サイズはぴったりだけど……」

ウエストが細めに絞ってあったけれど、窮屈なこともなく収まっている。

さすがにサイズを測っただけのことはあった。

「どんな感じなのかな……」

クローゼットの扉を開け、裏側についている鏡に自分の姿を映し出し、少し離れてくまなく眺めた。

身体が華奢なせいか、肩が盛り上がった長い袖も、すっぽりと足首が隠れる大きく膨らんだ長いスカートも、なんだか妙にしっくりしていて嫌になる。

「はーぁ……」

大きなため息をもらして肩を落とし、ベッドからエプロンを取ってきた。

肩紐《かたひも》と裾《すそ》にたっぷりしたフリルがついている。

背中でクロスしている肩紐に袖を通してから、エプロンの紐を後ろ手でリボン結びにしていた母親を思い出しつつ真似をしてみた。

一度では上手くリボン結びにできず、鏡に後ろ姿を映して何度も挑戦し、どうにかこうにか形が整った。

「なんでこんなに大きいんだよ……」

正面から鏡に映してみたら、後ろで結んだリボンがはみ出ている。

まったく実用的ではないが、そういう仕様なのだろう。

制服を身に着けたところで、まだベッドに残っているスカーフとヘアバンドのようなものを取ってきた。

赤いスカーフには楕円形の青いブローチが留めてあり、両脇から細い紐が伸びている。その端にはスナップボタンがついていて、襟の後ろで留めるのだろうと想像がついた。

「これでいいのか？」

鏡を覗きながら、襟の中央にブローチがくるよう整える。

「これって頭につけるんだよなぁ……」

卵のようにカーブした細い金属に、白いフリルがぐるりとついていた。

金属の端を引っ張ってみると、簡単に左右に広がる。

「なるほど……」

仕組みをなんとなく理解し、両手で広げて頭に着けてみた。

「ひょえっ……」

想像を超えた出来映えに、思わず変な声がもれた。

男らしさとはほど遠い顔立ちのせいか、驚くほど似合っている。

悲しいやら、恥ずかしいやら、情けないやら。コスプレ以外のなにものでもない、この格好で働くのかと思うと頭が痛い。

「はぁ……」

ため息をもらして項垂れた和泉は、黒いエナメルの靴に気づいて足を入れる。

靴下を履いたままで丁度いい。踵が低いから違和感はなかった。

これで完璧なメイドの出来上がりだ。改めて自分の姿を鏡に映してみる。

「なんかスカスカする……」

スカートの中が下着一枚だから、妙に心許《こころもと》ない。

とはいえ、足首まであるスカートは、そう容易《たやす》く捲《まく》れ上がることもないだろう。我慢するしかなさそうだ。

身支度を整えた和泉は、脱いだ服をクローゼットにしまい、制服が入っていた箱のフタをしめてベッドの下に押し込む。

「さあ、今日から頑張るぞ」

鏡に映る自分を見つめながら、自らに言い聞かせるように気合いを入れ、静かにクローゼットの扉を閉めて部屋を出て行った。

＊＊＊＊＊

「歩き難いのかな？」

階段を先に下りていくファビアンが、ふと足を止めて振り返ってきた。

踊り場に立って長いスカートを両手でたくし上げている和泉は、彼を見ろしながら苦笑いを浮かべて肩をすくめる。

メイド服に着替えてから、かなり屋敷の中を歩き回ったこともあり、長い裾も気にならなくなり始めた。

二階に上がるときも、さして苦もなく足を運べたのだが、いざ下りるとなったら急に恐怖を覚えたのだ。

思いきりスカートをたくし上げても、足元が見えない。勘に頼るとスカートの裾を踏んでしまいそうで、なかなか足を踏み出せないでいる。

「では、短いスカートのメイド服に変更するか？」

「いえ、大丈夫です」

恐ろしいことを口にしたファビアンに慌てて首を振って見せ、意を決した和泉は階段を下りていく。

彼のことだから、本気で制服を変更しかねない。これだけ長くてもスカートの中がスカスカしているのに、丈が短くなるなどとんでもないことだ。

「ミニスカートも似合いそうだが」

ファビアンが楽しげに声を立てて笑う。

彼は和泉のメイド服姿を見てロンドンの屋敷を思い出したらしく、案内してくれている最中も終始、機嫌がいい。

「貴族のお屋敷で働くメイドさんは、ミニスカートなんて穿《は》かないんじゃないんですか？」

「まあそうだが、ここは日本だからな」

笑いながらこちらを見ている彼は、あわよくばミニスカートを穿かせようと思っているのではないだろうかと、和泉はそんな恐怖に囚《とら》われた。

「長いスカートもすぐに慣れますから、これで大丈夫ですよ」

どうあっても制服を変更させたくない思いから、きっぱりと言い切って彼の後ろに立つ。

「では、私もその可愛い姿が気に入っているから、そのままということで」

満足そうに笑ったファビアンに見つめられ、和泉は気恥ずかしくなる。

いっときも逸れることがない、宝石のような輝きを持つ青い瞳。それは、まるで愛《いと》しい者を見つめるかのように熱っぽい。

こんなふうに熱心に見つめたくなるほど、メイド服姿が気に入ったのだろうか。

もしかすると、彼は変わった指向の持ち主なのかもしれない。男性にメイドの制服を着せたり、その姿を見て可愛いと言ったりするのは普通ではないはずだ。

高額の報酬が捨て難いばかりに、メイド服で働くことに同意した和泉は、これ以上、おかしな命令をされないことを祈るばかりだった。

「あと残っているのは、私の書斎だけだ」

階段を下りきったファビアンが、静かな廊下を歩き出す。

「はい」

慎重に階段を下りてたくし上げていたスカートから手を離した和泉は、のんびりとした足取りで歩く彼についていく。

平らな場所を歩くぶんには、なにも問題ない。スカートがゆったりしているから、足が自由に動いて楽なくらいだった。

「ここだよ」

足を止めたファビアンが、廊下の中ほどにある他より重厚感があって大きな扉を開ける。

正面に大きなアーチ型の窓があり、その向こうにサンルームが見えた。

サンルームは緑に溢《あふ》れていて、たっぷりの陽が差し込んでいる。これまで案内された部屋の中でもっとも明るい。

書斎は薄暗くて落ち着いた雰囲気の部屋といったイメージがあったから、予想に反した明るさに驚く。

「在宅中はここで仕事をしていることが多いから、掃除は私がいないときにするように」

「はい」

彼のあとについて書斎に入っていった和泉は、陽差しに包まれた窓際に吊された鳥籠《とりかご》に気がつき、目が釘付《くぎづ》けになった。

「モモイロインコだ」

思わず弾んだ声をあげてしまった。

金の細工がふんだんに施された美しい鳥籠の止まり木に、目にも色鮮やかなピンク色の鳥がちょこんと止まっているのだ。

小さなころから鳥が大好きだった。そして、偶然にもかつてモモイロインコを飼っていたことがある和泉は、ファビアンが同じ鳥を飼っていると知って嬉しくなった。

「なんという名前なんですか？」

「ああ、ハニーだ」

軽くうなずいた彼が、目を細めてモモイロインコを見つめる。

「ハニー……あの子のお世話も僕がするんですよね？」

可愛らしい名前に頬を緩めつつ、隣に立つファビアンに期待に満ちた瞳を向けた。

久しく鳥の世話をしていない。仕事のひとつとしてハニーの世話が加われば、きっと楽しいに違いなかった。

「世話の仕方を知っているのかな？」

できるのかと言いたげな顔をされ、すぐさま笑顔でうなずき返す。

「はい、前にハニーと同じモモイロインコを飼っていたことがあるんです」

「奇遇だな？　それなら頼むよ。ただ、世話をするとき、この子に話しかけないよう注意してほしい」

「えっ？」

思わず眉根を寄せる。

ともに暮らすペットは家族同然であり、飼い主は頻繁に話しかけるものだ。それに、動物好きであれば、街中で遭遇した野良猫にも声をかける。

どうして自宅で飼っている鳥に、話しかけてはいけないのだろうか。不思議でならない。

「ハニーはとても賢くて、なんでも覚えてしまうんだ」

「はい」

ファビアンの答えに納得した和泉は笑顔で答え、ハニーに目を向けた。

人の声を上手く真似る鳥は幾種類もいるが、インコもその中の一種だ。とはいえ、個体差は当然ある。

まったく真似ないインコもいれば、聞いた言葉をその場で真似るほど覚えの早いインコもいる。

ハニーは後者であり、そうなるとやたらと話しかけられない。ちょっとした愚痴《ぐち》ですら、真似しかねないからだ。

「インコって長生きしますけど、ハニーは何歳になるんですか？」

「よく知っているね？　あの子は十一歳になる」

「けっこう長く一緒にいらっしゃるんですね？」

「ああ、ハニーは私の宝だ」

和泉と顔を見合わせていたファビアンが、再びハニーに目を向ける。

宝と言い切ってしまえるくらい、彼にとってハニーは愛しい存在なのだ。

十年以上もハニーと過ごしてきた彼が、和泉はふと羨ましくなった。

モモイロインコを飼っていたのは、小学生のころのことだ。可愛らしい桃色の羽を持つ鳥に一目惚れをし、母親が貯金してくれていたお年玉で手に入れた。

モモピーと名づけて可愛がっていたけれど、一緒にいられたのは二年に満たない。

小学校を卒業して間もなく、急に家族で引っ越しをすることになり、その最中に逃げてしまったのだ。

何日も泣いて過ごした悲しい思い出。それも、幼いころの思い出を封印してきたから、これまで考えることもなく過ごしてきた。

(ずっと忘れてたのに……)

再び鳥の世話ができるのが嬉しい反面、モモピーの思い出が蘇《よみがえ》って悲しくなる。

「どうかしたのかい?」

複雑な思いでハニーを見つめていた和泉は、ファビアンから不思議そうに顔を覗き込まれて慌てた。

「あ、あの……ロンドンから飛行機で連れていらしたんですか?」

その場しのぎに、思いつきに過ぎない問いを投げかけ、取り繕《つくろ》った笑みを浮かべる。

「最初はどうしようか迷ったんだが、十一歳ならフライトにも堪《た》えられると言われて連れてきた」

「ハニーと離れたくなかったんですね?」

「そうだよ、私の宝だと言っただろう?」

臆面もなく「宝」と言ってのけたファビアンは、とても幸せそうな顔をしていた。

これほどまで愛されているハニーもまた、幸せな鳥だ。

「さて、屋敷の案内も終わったことだし、そろそろ仕事を始めてもらおうかな」

「あっ、はい」

「私はここにいるから、なにかわからないことがあったら訊きにきてくれ」

そう言って背を向けた彼が、書斎の中ほどに置かれた大きな机に向かう。

静かな書斎に、彼の靴音がコッコツと響く。

二階建ての屋敷には、全部で八つの部屋がある。ほとんどの部屋には絨毯が敷かれているけれど、ダイニング・ルームと書斎は板の間になっている。

絨毯には掃除機をかけ、床板にはモップ掛けしなければならない。狭いアパートの部屋を掃除するのとは大違いで、そこそこ時間がかかりそうだった。

「失礼します」

一礼して書斎を出ようとしたところで、気になることを思い出した和泉は、足を止めて振り返った。

「すみません、先日いらした女性の方って、もういらっしゃらないんでしょうか？」

椅子に手をかけていたファビアンが、質問した和泉をそのまま見返してくる。

「ああ、住み込みのハウスキーパーが決まるまで通いで来てもらっていたから、昨日で終わりにした」

「通いではダメだったんですか？」

「夜になって誰もいないのもちょっとね」

軽く肩をすくめた彼が、椅子を引き出して腰かけた。

すぐにでも仕事を始めたいのかもしれない。邪魔をしてはいけないことは重々承知しているが、和泉はもう少しだけという思いでさらなる問いを投げかける。

「でも、どうして張り紙で募集したんですか？　紹介所とかでも住み込みのメイドさんって探せますよね？」

「英語ができるという条件で探すと、そう簡単には見つからないもので、恭吾の提案で張り紙をしてみたんだ」

「そうだったんですか……」

和泉はなるほどとうなずく。

これで気になっていたことのひとつが解決した。

「おかげでいいメイドが見つかったから、恭吾には感謝している」

ファビアンに真顔で言われて照れ笑いを浮かべたところで、まだ疑問が残っている和泉は申し訳なさそうに彼に訊ねる。

「あの……もうひとつだけ質問してもいいでしょうか？」

「なんだい？」

椅子の背にゆったりと寄りかかったファビアンが、呆れ気味に笑って見上げてきた。

さすがに、そろそろ機嫌を損ねそうだ。

「ファビアンは日本語が話せるから、英会話って必要ありませんよね？」

早く切り上げなければという思いから、自然と早口になっていた。

「ああ、アンソニーが日本語を話せないんだ」

「アンソニー？」

「アンソニー・ジョーンズ、私の共同経営者だよ」

「ああ……ありがとうございました。それでは失礼いたします」

ファビアンの説明を聞いて納得がいった和泉は、一礼するとともに背を向け、足早に扉へと向かう。

「あっ！」

後ろで結んでいるエプロンの大きなリボンが、通りがかった長椅子の背に引っかかり、体勢を立て直す間もなく前のめりで倒れ込む。

「いったぁ……」

したたかに膝を板張りの床に打ちつけ、思わず顔をしかめる。

「大丈夫か？」

慌てて駆け寄ってきたファビアンが脇にしゃがみ込み、抱え込んだ膝をさすっている和泉の肩に手を回してきた。

急なことにドキッとして顔を起こすと、彼の青い瞳がすぐそこにあり、またしても鼓動が跳ね上がる。

「すごい音がしたけど、怪我《けが》はしてない？」

心配そうな顔で訊ねてきた彼が、脚を覆っている長いスカートを捲ってきた。

「だ……大丈夫です」

泡を食って彼の手を制したけれど間に合わず、打ちつけた膝を露《あら》わにされてしまう。

人前に素足をさらすなどいつ以来だろうか。膝を剝《む》き出しにしているのがとんでもなく恥ずかしく、咄嗟《とっさ》にスカートで覆い隠し、床に尻をついたまま後退《あとずさ》りする。

「逃げないでちゃんと見せなさい」

厳しい口調で言ったファビアンを、驚きの顔で見返す。

ずっと穏やかだったから、大きな声を出すとは思ってもいなかった。

びっくりしたけれど、それだけ心配してくれているのだと思い直し、おとなしくスカートを捲り上げて打ちつけた膝を露わにする。

自らスカートを捲るのは、捲られるよりも恥ずかしく、一瞬にして身体が熱くなった。

「赤くなっているだけで、擦《す》り傷はなさそうだ……」

床に片膝をついた彼が、神妙な面持ちで膝頭を見つめている。

つんのめって膝を打っただけなのに、これほど心配してくれるなんて信じられない。

嬉しいような、申し訳ないような、複雑な気分だった。

「ちょっと打っただけですから、大丈夫です」

いつまでも脚を剝き出しにしているのが堪えがたく、そそくさと立ち上がって長いスカートの裾を整える。

「痛まないか？」

おもむろに立ち上がったファビアンが、解《ほど》けかかったエプロンのリボンを結び直している和泉の顔を覗き込んできた。

相当な心配性だ。これで、もし怪我をしていたらどうなっていたのだろうかと、逆に彼のことが心配になる。

「ええ、なんともありませんよ、ほら……」

膝を打ったほうの脚を前後に振ったのだが、スカートに下肢が覆われているから彼には見えないのだと気づき、その場でぴょんぴょんと跳んでみる。

「ぜんぜん痛くないです」

この程度のことで、彼の貴重な時間を潰《つぶ》してしまったのでは申し訳ない。

早く安心してもらいたくて、大股《おおまた》で行ったり来たりしてみせた。

「よかった」

ようやくファビアンが安堵の笑みを浮かべ、和泉はその場に立ち止まる。

「ご心配をかけて申し訳ありませんでした」

「慣れるまでに時間がかかるかもしれないから注意するんだよ」

そう言いながら和泉の肩に手を回してきた彼が、扉に向かって歩き出す。

女性用の制服を着せるからだと言い返したいところだが、そこはぐっと堪《こら》える。

それにしても、たいした距離でもないのに、どうして扉まで導いてくれるのだろう。

まるで、また転ぶのではないかと心配しているかのようだ。

和泉は胸の内で「まったく……」と呆れつつも、なぜかそうした彼の気遣いを嬉しく感じてしまう。

(なんだろう……)

ファビアンに身を寄せていると、まるで守られているような気分になる。

こんなにも安心してしまうのはどうしてだろうか。

自分でも理由がわからず、とても不思議な感じがした。

「ああ、そうだ。もしあとになって腫《は》れてくるようなことがあったら、恭吾に言って湿布薬をもらうといい」

「高野辺さんに?」

扉を開けて足を止めた彼を、小首を傾げて見返す。

「調理場に救急箱が置いてあるんだよ」

「わかりました。それでは失礼いたします」

納得してうなずいた和泉は改めて一礼し、廊下に出て静かに扉を閉める。

その場で耳を澄ますと、靴音が遠のいていった。

「さてと……」

初日から気合いを入れすぎると身体がもたない。とはいえ、今日は半日以上を無駄にしているのだから、のんびりはしていられなかった。

螺旋階段の下にある物置から掃除機を取り出し、コードを引っ張り出してコンセントにプラグを差し込む。

ファビアンは屋敷の案内をしながら、掃除や洗濯のしかたはもちろんのこと、掃除機を使うときに必要となるコンセントの場所をすべて教えてくれた。

その都度、訊きにこられるのが面倒だと考えているのかと思ったけれど、時間をかけた丁《てい》寧《ねい》な説明を聞いているうちに、とても几帳面《きちょうめん》な性格なのだと理解した。

そんな彼のことだから、少しでも手を抜けば気づくはずだ。たかが掃除、されど掃除。気を引き締めなければと、改めて思っていた。

「あー、もう……」

玄関ホールの端まで掃除機を転がしていこうと歩き始めたとたんに、長いスカートがコードに絡《から》まり立ち往生してしまう。

普段着で掃除機を使っているときにはまずあり得なかった事態に、どうしたものかとその場で天井を仰ぎ見る。

スカートは長いだけでなく、ボリュームがあるため広がってしまって厄介《やっかい》なのだ。

「ああ、そうか……」

スカートを纏めてしまえば邪魔にならないと気づき、裾を引っ張って腕に絡める。

捲れ上がって膝から下が丸見えになったが、どうせここには自分しかいないのだからと、そのまま掃除機をかけ始めた。

けれど、そう上手くはいかない。掃除機のハンドルを持つのに片手しか使えず、力が入らないのだ。

これではしっかり掃除機をかけられないと思い直し、腕に絡めていたスカートを下ろす。

「慣れるしかないか……」

無駄な抵抗などせず、早くメイド服に慣れたほうが得策のような気がしてきた。

今日は洗濯をしなくていいと言ってくれたが、すべての部屋を掃除しなくてはいけない。

着慣れない服に手間取っている暇はないのだ。

いずれ長いスカートも気にならなくなると自らに言い聞かせながら、和泉は初仕事となる床掃除に臨んでいた。

＊＊＊＊＊

「はぁ……やっと掃除機をかけ終わった……」

物置に掃除機を戻した和泉は、ちょっと休憩をしようと螺旋階段に腰を下ろす。

階段には玄関ホールや廊下と同じ柄の絨毯が敷き詰めてあるから、もちろん掃除機をかけてある。

土足で生活していることを考えると床掃除が特に重要に感じられ、どこもかしこも念入りに掃除機をかけた。

そのため、一時間もあれば終わるだろうと思っていた床掃除に、気がつけば二時間近くかかっている。

まだ板の間のモップ掛けが残っているから、床掃除には三時間くらい必要になりそうだ。

「けっこう疲れた……」

左右に大きく広がっているスカートやエプロンを意味もなく弄《もてあそ》びながら、投げ出している両の脚を小刻みに揺らす。

スカートがコードに絡まったり、家具に引っかかったりするものだから、当初は先が思いやられたものだ。

けれど、二階の床掃除を始めたころには裾の扱いにも慣れ、掃除機をかけながら悪態を吐《つ》くこともなくなっていた。

とはいえ、メイド服を着て女物の靴を履いて歩き回るのは初めてのことであり、足腰にかなりの疲労感がある。

スカートやエプロンが邪魔にならないよう気を遣っていたから、無駄な力が入ってしまったのだろう。

しばらくは筋肉痛に悩まされそうだが、それも徐々に収まるだろうし、なにより仕事だと思えば苦にもならなかった。

「あっ、高野辺さん！」

玄関ホールに現れた高野辺に思わず声をかけた和泉は、スカートを踏まないよう気をつけながらその場に立ち上がる。

彼はシンプルな白いシャツに、細身の黒いパンツ姿で、コックコートを着ていない。どこかに出かけるところなのだろうか。

「三津坂……君？」

ズボンのポケットに手を突っ込んだままこちらを振り向いた彼が、ギョッとしたような顔で歩み寄ってきた。

「なんでそんな格好をしているんだ？」

訝しげな高野辺の声に、自分がメイド服を着ていることを思い出す。

にわかに羞恥を覚えたけれど、いまさら隠れようもない。それに、これからもこの姿で働くのだから、遅かれ早かれ知られることになるのだと諦める。

「メイドはメイド服を着て仕事をするべきだとファビアンに言われて」

苦笑いを浮かべて肩をすくめた和泉の前に立った彼が、矯《た》めつ眇《すが》めつ眺めてくる。

「ファビアンの言うことにも一理あるな。それに、なんかその格好すごく可愛いし、いいんじゃないか」

高野辺にまで可愛いと言われ、複雑な気分に陥った。

可愛いという表現は男として喜べないのだが、自分でも似合っていると思ってしまったからなにも言い返せないのだ。

「それにしても、ファビアンもいい趣味をしてるよ」

「男にこんな格好をさせてるんですから、趣味が悪いと思いますけどね」

階段の上に立っている和泉は、長いスカートを両手で大きく広げ、納得できない顔で高野辺を見返す。

「まあ、ロンドンの屋敷には似たような格好をしたメイドがたくさんいるから、ファビアンも落ち着くんじゃないのかな」

「ロンドンのお屋敷って、大勢の方が働くような大きなお屋敷なんですか？」

ちょっとした立ち話くらいはできるだろうと素朴な疑問を投げかけたら、高野辺が和泉の隣にどっかりと腰を下ろしてきた。

玄関に向かっていたから出かけるものとばかり思っていたが、違ったのだろうか。

「ご用事があったのでは？」

「休憩時間だから散歩でもしようかと思ってただけ」

気にするなと笑った彼が、片手で隣に座るよう促してくる。

笑顔が爽やかでざっくばらんな彼とは、気兼ねなく会話ができそうだ。

なによりファビアンのことをよく知っていそうで、いろいろ話が聞きたい和泉は素直に並んで腰かける。

「あっ、すみません」

ふわりと広がった裾が高野辺の膝にかかってしまい、和泉は慌てて引き寄せた。

「これで君からいい薫《かお》りがしてきたら、絶対に女の子と間違えるな」

そう言われても嬉しくない和泉は、隣をちらりと見やって頬を膨らませる。

「そんなことより、ロンドンのお屋敷のことを教えてください」

「ああ、使用人のことか……厨房《ちゅうぼう》には俺と菓子職人の二人で、他に執事がいて、その下にボーイが三人とメイドが十人ってとこ」

「そんなに働いているんですか？」

「いや、これでもずいぶん減らしたんだよ。先代が当主だったころは、百人くらいはいたからな」

最初の驚きが吹き飛ぶ数字に、和泉は目を丸くした。

どれだけ大きな屋敷なのだろうか。百人近い使用人が働く貴族の屋敷など、とうてい想像できなかった。

「でも、どうして働く人の数が大幅に減ったんですか？」

「去年、ファビアンが使用人をぎりぎりまで絞り込んだんだよ。若くして会社を立ち上げて成功させたファビアンにしてみれば、見栄で雇っている使用人に賃金を払うことが無駄に思えたんだろうな」

「当主としてではなくて、経営者の目線ってことですね？」

「そうそう、ファビアンはけっこうやり手の実業家だから、ばっさりと使用人をカットしたわけ。二十五歳で爵位を継いですぐのことだから、俺も潔さにはびっくりしたよ」

高野辺の口調からは、ファビアンに対する尊敬の念が感じ取れる。

当主ということだけでなく、年下であってもその手腕を認めているからだろう。

見た目がとても穏やかなファビアンは、男性にメイド服を着せるおかしなところもあるけれど、思っている以上にすごい人物なのかもしれない。

「そんなことをしたら、普通は反感を買いそうですよね？」

「そう思うだろう？　だけど、ファビアンはそのあたりも上手くやったんだよな」

「上手くって？」

和泉は興味津々の顔で、高野辺を見つめる。

「解雇する使用人すべての新しい職場を見つけて、そのうえ全員に半年分の賃金を退職金として払ったんだよ。使用人に退職金なんて払う必要はないのにさ」

「それってものすごい額なのでは？」

「使用人のランクによって賃金も違うから金額までは知らないけど、軽く億は超えたんじゃないかな」

「えーっ、そんなに？」

「それでも、ずっと必要もない何十人もの使用人を雇い続けることを考えたら、一時的に大金を払ってでも辞めさせたほうが建設的だろう？」

高野辺の言葉には納得するしかなく、和泉は何度もうなずいた。

ファビアンは大改革を行ったのだ。その決断力には感心せざるを得ない。

「そういう賢いやり方をしたから、ウッドヴィル侯爵家の評判が落ちるどころか、ファビアンは一躍、社交界に名を轟《とどろ》かせることになったんだ」

高野辺にとって、ファビアンは自慢の当主のようだ。料理人として仕えることを、誇りに思っていることだろう。

それにしても、ファビアンと自分がたったの三歳しか違わないことに驚く。たいした歳《とし》の差ではないのに、住む世界があまりにも違い過ぎた。

二十五歳にして侯爵となった見目麗しい彼は、実業家としても成功している。明日の暮らしにも困りそうな状況に陥りかけていた和泉は、ただただ羨ましく思った。

「和泉、こんなところでなにをしている？」

突如、聞こえたファビアンの声に、ハッと我に返って立ち上がる。

「もうサボっているのか？」

「す……すみません、ひと休みしようと……」

ファビアンから厳しい視線を向けられ、しどろもどろになってしまった和泉は、視線を落として白いエプロンを握り締めた。

のんびり座って話し込んでいたところを見られたのだから、叱《しか》られてもしかたない。甘んじて受け入れる覚悟はできている。それでも、いつ雷が落ちるかと思うとビクビクした。

「そんな怖い顔するなって、綺麗な顔に皺が増えるぞ」

からかうように言って立ち上がった高野辺が、ファビアンに歩み寄って行く。

「休憩時間の相手をしてもらっていたんだから、怒らないでやってよ」

あろうことか高野辺はファビアンの肩をポンと叩《たた》くと、その場をあとにしてしまった。

失礼極まりない高野辺の態度に、和泉は啞然とする。

けれど、ファビアンは怒った様子もなく、笑いながら去って行く高野辺を見つめていた。

彼らは本当に主従の関係なのだろうか。にわかには信じ難い光景に、疑念が湧いてくる。

「相変わらずだな」

小さく笑ったファビアンが、ポカンとしている和泉に向き直ってきた。

「父がいたころから、恭吾はあんな感じなんだよ。まあ、父はああいった性格を気に入って雇ったこともあって、彼だけは敬語を使わなくても許されていたんだ」

「ファビアンもそれでいいんですか？　いちおう雇い主ですよね？」

新たに侯爵家の当主となったファビアンが、高野辺のことをどう思っているのかは、やはり気になるところだ。

「恭吾の態度を不愉快に思っていたのであれば、当主となった時点で辞めさせている。私は裏表のない彼を気に入っているから屋敷で働いてもらっているし、わざわざ日本にまで連れてきたんだよ」

「僕も高野辺さんとは仲よくやれそうです」

「それはなによりだ」

満足そうな笑みを浮かべたファビアンから、なにか言いたそうな顔で見つめられ、仕事の途中だったことを思い出した。

「すみません、仕事に戻ります」

休んでいたことを詫びた和泉は、モップを取りに物置へと向かう。

「その前に紅茶を書斎まで持ってきてくれないか？」

「あっ、はい、すぐにお持ちします」

ファビアンに向き直って一礼し、物置の前を素通りして調理場に急ぐ。

休憩していたことを怒らなかったのは、高野辺が口添えしてくれたからだろうか。

叱られてもしかたないと思っていたから、救われた気分だ。

「初日から弛《たる》んでると思われちゃったかな……」

休憩を入れることは許されているけれど、まだ床掃除の途中なのだ。せめて終わってから休むべきだったと反省する。

「しっかりしないと……」

長いスカートを靡《なび》かせながら廊下を歩く和泉は、改めて気持ちを引き締めていた。

# 第四章

ファビアンの屋敷で働き始めて三日目の朝、与えられたメイド服に着替えた和泉は、洗い終えた洗濯物を入れた籠を両手で抱え、陽当たりのいい中庭に出てきた。

「今日もいい天気」

晴れ渡った青空を見上げ、足元に籠を下ろす。

ファビアンから一緒に食事をするよう命じられたけれど、起床時間が異なるため朝食はひとりですませている。

高野辺が用意してくれた朝食を取り、まずは洗濯をする。それが仕事の始まりだった。

メイド服にも慣れてきている。長くてたっぷりしたスカートも、後ろで結んだエプロンの大きなリボンも、邪魔に思うことなく仕事ができた。

ただ、スカートの中がスカスカしているのが、いまだ気になっている。普段から穿いているのがトランクスということもあってか、やはりどうにも心許ないのだ。

ボクサーパンツのように身体に密着している下着であれば、少しは違うかもしれないと考え、休みの日に買いに行くつもりでいた。

「あっ……」

広げたシーツを物干し竿《ざお》にかけたところで、サンルームにいるファビアンに気づき、洗濯挟みで留めながら様子を窺《うかが》う。

パジャマにガウンを羽織っている姿を見るのは初めてだ。三つ揃いのスーツできめているときとは異なり、まだ櫛を入れていない髪はふわふわで、陽光を受けて輝いている。

ラフな格好をしていても絵になるところは、さすがファビアンといったところだろう。いつみても素敵だ。

「ハニーと一緒なんだ」

サンルームの中でハニーが羽を羽ばたかせている。

ファビアンが書斎にこもっているので、まだハニーの世話をしていない。早く間近で見てみたくて、うずうずしていた。

「可愛い……」

自由に飛び回っていたハニーが、ちょこんとファビアンの頭に止まり、ふわふわの金髪に顔を突っ込む。

まるで巣作りでもしているかのように、しきりに頭を上下させている。止まり木となったファビアンはといえば、片手で優しくハニーを撫でていた。

明るい陽差しに包まれたサンルームの中でハニーと戯《たわむ》れる彼は、とても幸せそうな顔をしている。

「楽しそうでいいなぁ……」

枕カバーを干しながら彼らを眺めていた和泉は、足元に置いた籠に蹴躓《けつまず》く。

「うわっ」

瞬間的に膝の力が抜け、カクンとなった拍子に籠がひっくり返った。

「あーっ！」

地面に散らばった洗濯物を踏まないよう飛び越そうとしたのだが、長いスカートが足に絡まり無様に転ぶ。

「もう……」

避けようとした洗濯物の上に見事に乗ってしまい、情けなさに泣きそうになる。

「和泉！」

サンルームのドアを開けて中庭に飛び出してきたファビアンが、血相を変えて和泉に駆け寄ってきた。

二度までも転ぶところをみられてしまい、穴があったら入りたいくらいの羞恥を覚える。

「大丈夫か？　怪我は？」

助け起こしてもらっただけでなく、メイド服についた土まで払い落としてもらい、ますます消え入りたくなった。

「すみません……」

「本当に君は……気をつけないといつか大怪我をするよ」

項垂れていた和泉は、彼に顔を覗き込まれて頬が上気する。

さぞかし呆れていることだろう。醜態を見られた恥ずかしさに、彼の顔をまともに見ることができないでいる。

「あっ……」

すぐ近くで聞こえた鳥の鳴き声に思わず顔を上げると、ハニーが上空を旋回していた。

サンルームから飛び出してきたファビアンが、ドアを開け放したままにしたから、ハニーが出てきてしまったのだ。

「ハニー、おいで」

慌てふためいた彼が、必死にハニーを追いかける。

屋内で自由に飛ばせることはあっても、外に出すことは絶対にないはずだ。

飼い主に慣れているからといって、呼べば戻ってくるものではない。

子供のころに飼っていたモモピーが、目の前で遠くへと羽ばたいていった姿を見ているから、ハニーのことが心配でならない。

「ハニー、いい子だね、こっちへおいで」

ファビアンの呼びかけに、ハニーは見向きもしない。

大きく広げた翼を羽ばたかせて好き勝手に飛び回り、中庭に植えた高い木の枝に止まる。

羽を休めたハニーが、キョロキョロと辺《あた》りを見回し始めた。

外で羽ばたく楽しさを覚えてしまったのかもしれない。早く捕まえないと、本当にどこかへ飛び立ってしまう。

「ハニー、おいで、ハニー」

ファビアンは顔面蒼白《そうはく》だ。

宝と言い切ったハニーを、自らの不注意で失ってしまうかもしれないのだから、動揺するのも理解できた。

「ハニー、ハニー」

「ファビアン、落ち着いてください。ハニーを興奮させてはダメです」

懸命に呼びかけるファビアンを宥《なだ》め、和泉は静かにハニーが止まっている木に近づく。

ファビアンが愛情を注いできたハニーを、逃してはならない。彼の元に呼び戻してあげなければ。ただその思いだけで、そっと片手をハニーに差し伸べる。

「ハニー、おはよう」

和泉が声をかけると、興味を示したハニーが小首を傾げて見下ろしてきた。

「いいお天気だね？　僕と一緒に遊ばない？」

親しみを込めて話しかけながら、伸ばした腕を軽く揺らしてハニーを誘導する。

小さく鳴いたハニーが、しきりに首を傾げ始めた。

初めて目にした和泉に、興味を募らせているようだ。

「さあ、ハニー」

手を前に伸ばしたまま少し前に進むと、ハニーが大きく羽を広げた。

「ハニー……どこへも行かないでくれ……」

祈るようなファビアンの声が聞こえてくる。

どうかこの手に飛び移ってほしい。和泉は腕を伸ばしたまま、ただそれだけを願う。

「ハニー、おいで」

静かに呼びかけると、音を立てて羽ばたいたハニーが和泉を目がけて飛んできた。

次の瞬間、ずっしりとした重みを腕に感じる。

「いい子だね」

ここはまだ屋外だ。焦りは禁物と自らに言い聞かせ、珍しそうに制服の白いカフスを嘴《くちばし》で突いているハニーを撫でた。

「ファビアン、早く」

和泉から小声で促されたファビアンが、忍び足でハニーに歩み寄り、両手でふっくらとした軀《からだ》を押さえる。

「このまま行きますよ」

サンルームに目を向けると、彼が無言でうなずき返してきた。

ハニーを驚かさないよう、焦らず急がず二人でサンルームを目指す。

「ハニーを抱いてください」

サンルームに入るなり声をあげた和泉は、ファビアンがハニーを胸に包み込むのを確認してから急いでドアを閉めた。

「ハニー、ハニー……」

安堵の笑みを浮かべた彼が、ハニーの頭に頬を擦《す》り寄せている。

無事に連れ戻せたことに胸を撫で下ろしたとたん脱力した和泉は、へなへなとその場に頽《くずお》れた。

「和泉？」

ハニーを肩に止まらせたファビアンが、驚きの顔で見下ろしてくる。

「すみません、なんか力が抜けちゃって……」

自分でもこれほど脱力したことに驚いている和泉は、照れ笑いを浮かべて彼を見上げた。

「和泉……申し訳ない、私のせいで……」

「そんなことないです、転んだ僕が悪いんですから、謝ったりしないでください」

「立てるかい？」

差し伸べられたファビアンの手を借り、どうにか立ち上がる。

その動きに驚いたのか、彼の肩から飛び立ったハニーが、サンルームの中央に置かれたテーブルに降り立ち、翼を浮かせて羽繕いを始めた。

こちらがどれだけ肝を冷やしたかなど、ハニーは知る由《よし》もない。なにごともなかったかのように、熱心に羽を突いている。

「和泉、君がいてくれてよかった……ハニーを呼び戻してくれて、本当にありがとう」

感極まった顔で見つめてきたファビアンに、いきなり抱きしめられて唇を塞がれた。

「んっ……」

あまりにも突然、ファーストキスを奪われ、心臓が止まりそうになる。

ただ抱き合って喜びを分かち合うならわかるが、どうしてキスをしてきたのだろう。

唇を重ねてきただけでなく、繰り返し貪《むさぼ》られ、思考もままならなくなる。

いつの間にか忍び込んできた舌で、ねっとりと口内を舐《な》め回され、一気に身体が熱くなってきた和泉は、咄嗟にファビアンの胸を力任せに押した。

「はぁ……」

息を継ぐことすら忘れていたらしく、呼吸が乱れている。

肩を小刻みに上下させながら、理解し難い行動に出たファビアンを無言で見つめた。

「すまない……つい嬉しくて……」

乱れたガウンの襟を直しながら言い訳をした彼の顔には、あきらかな困惑が見て取れる。キスしてしまったことを、自分でも驚いているようだ。

「和泉……あれを……早く片づけたほうがいい」

ファビアンの視線を追った和泉は、愕然《がくぜん》とした。

洗ったばかりの洗濯物が、地面に散らばっているのだ。

「いけない……」

慌ててドアに駆け寄り、ハニーが逃げないよう姿を確認しつつサンルームを出る。

ドアを閉めて中を覗くと、ファビアンと目が合ってしまった。

バツの悪そうな笑みを浮かべて背をむけた彼は、テーブルで羽繕いをしているハニーをかまい始める。

「よっぽど嬉しかったのかな……」

キスをしてくる理由など、それくらいしか考えられない。

あまりにも突発的な出来事に、ファビアンは我を忘れてしまったのだ。だからこそ、彼も困惑したに違いない。

男性にファーストキスを奪われてしまったけれど、こればかりはしかたない状況だったのだと諦めるしかなさそうだ。

「あーあ……」

地面に散らばった洗濯物を見てげんなりした和泉は、ため息をもらしながらひとつずつ拾い集めていた。

# 第五章

ハニーの一件から二日後の午前中、いつものようにメイド服に着替えて洗濯をしていた和泉《いずみ》は、アンソニーが屋敷を訪ねてくるとファビアンから聞かされ、慌《あわ》ただしく二階にあるゲストルームの掃除を始めていた。

あまりにも突然のことに、なぜ前日に教えてくれないのかと、つい不満めいた言葉を口にしてしまった。

すると、彼は悪びれた様子もなく、客扱いをするような相手ではないと返してきたのだ。

共同経営者なのだから確かにそうかもしれないけれど、和泉にとって屋敷を訪れる人物はみな客であり、何日か泊まっていくのだからそれなりの準備がいる。

前もって知っていれば、あたふたしなくてすんだのにと思ってしまうのもしかたのないことだ。

「バスルームとトイレはオーケー」

必要なものが揃《そろ》っていることを確認し、部屋の中央に置かれているベッドに足を向けた。

屋敷にゲストルームは三つある。それぞれに広さが異なり、アンソニーは一番広い部屋を使う。

バスルームがついているのはこの部屋だけで、他の二部屋はシャワーブースしかない。

正方形の部屋は十二畳ほどあり、ダブルベッド、長椅子、それに大きめのテーブルが置いてある。

家具はどれも手入れの行き届いたアンティークで、しっとりと落ち着いた雰囲気を醸《かも》し出していた。

「これで大丈夫かな……」

皺《しわ》ひとつないジャカード織りのベッドカバーを、改めて手のひらで撫《な》でる。

枕はしばらく陽《ひ》にあててふっくらとさせてから、新しいカバーをかけた。シーツも取りかえてある。

絨毯《じゅうたん》には念入りに掃除機をかけ、家具は乾いた布で隅々まで拭いてあり、抜かりはないはずだ。

「あっ、窓……」

部屋のあちらこちらに目を向けながら、換気のために開け放していた窓に歩み寄る。

屋敷にある窓には、すべて若草色の鎧戸《よろいど》がついていた。煉瓦《れんが》で造られた建物の重苦しい感じを、明るい色の鎧戸が緩和させている。

「よく晴れてる……」

窓枠に手をついた和泉は、身を乗り出して雲ひとつない青空を眺めた。

ファビアンの屋敷で働き始めてから、晴天が続いている。

洗濯物を干しているときはもちろんのこと、部屋を掃除するときは窓を開け放していられるから気分がいい。

「なんか不思議だなぁ……」

働き始めていくらも経《た》っていないというのに、早くもこの屋敷での生活がすっかり馴染《なじ》んでしまっていた。

日々の仕事にこれといった変化はなくても、自分ひとりに任せられていると思うとやり甲斐《がい》がある。

高野辺《たかのべ》が作る本格的な料理はどれも美味《おい》しく、ファビアンとの食事も楽しめるようになっていた。

こんなにも恵まれた環境で働いているのが信じられないくらい、毎日が充実している。

「べつにあれは特に意味はなさそうだし……」

和泉はひとりつぶやき、空を見上げたまま苦々しく笑う。

ファーストキスを奪われた衝撃はやはり大きく、ふとした瞬間にサンルームでの出来事を思い出しては、あれこれ考えを巡らせてきた。

ファビアンはといえば、これといってあの出来事に触れてくることもなく、態度も変わっていない。それは、あのキスに特別な理由などないからだ。

外国人は感情表現が大胆だから、嬉《うれ》しさのあまり抱きついてキスしてもおかしくない。その程度のことなのだ。

「来たのかな……」

インターフォンの音に気づいた和泉は、鎧戸は開けたまま窓を閉め、レースのカーテンを引いてゲストルームをあとにする。

廊下に出たところで、長いスカートとエプロンの裾《すそ》を整え、襟元《えりもと》に留めているスカーフと髪を飾るフリルの位置を確かめた。

ファビアンのメイドとして客人を迎えるのだから、身だしなみをしっかり整えておかなければと思ってのことだ。

本来であればファビアンと高野辺以外の人に、この姿を見られたくない。けれど、いまさらどうすることもできない。いつもどおり振る舞うだけだ。

少しだけスカートをたくし上げ、足元に気をつけながら螺旋《らせん》階段を下りていくと、玄関ホールでファビアンが背格好の似た男性と立ち話をしていた。

薄いオレンジ色のシャツに黒いジャケットを羽織っている男性は、ネクタイもなくラフな格好をしている。

薄茶の髪は軽く撫でつけてあり、ファビアンほどではないものの、品のある整った顔立ちをしていた。

床に大きなスーツケースが置いてあることから、彼がアンソニーであることは間違いなさそうだ。

「こちらへ」

階段を下りてくる和泉に気づいたファビアンが、片手で手招いてくる。

「はい」

急いで階段を下り、彼から少し離れた場所で姿勢を正した。

『共同経営者のアンソニー・ジョーンズだ。アンソニー、住み込みで働いてくれているメイドのイズミだ。用があるときは頼むといい』

『はじめまして』

ファビアンが紹介してくれたアンソニーに英語で挨拶《あいさつ》をした和泉は、両手を前で揃えて丁《てい》寧《ねい》に頭を下げる。

『アンソニーだ、よろしく』

簡単に挨拶をすませてツカツカと歩み寄ってきたアンソニーが、和泉に不躾《ぶしつけ》な視線を向けてきた。

至近距離から品定めをするように眺められ、思わず伏し目がちになる。ファビアンと同じ貴族の生まれなのに、ずいぶん雰囲気が違う。

『日本の女の子は本当に可愛《かわい》いなぁ』

アンソニーから真顔で言われ、和泉はにわかに動揺した。

完全に彼は勘違いをしている。

女性用の服を身に着けているとはいえ、化粧は施していない。いくら外国人でもすぐに男性と気づきそうなものだ。

(やんなっちゃうな……)

違和感がない程度にはメイド服が似合っている自覚はあったけれど、まさか女性に間違われるとは思ってもいなかったから、さすがにめげてしまう。

『まるで人形みたいだ』

女性と信じて疑わないアンソニーが、改めて和泉を見てくる。

鳶《とび》色の瞳《ひとみ》で舐《な》めるように見つめられ、羞恥に頬《ほお》がほんのりと赤くなった。

「あっ……」

いきなり腕を摑《つか》んできたファビアンに引き寄せられ、和泉は驚きの顔で見上げる。

『アンソニー、この子には手を出すなよ』

『えっ？　おまえのお手つきなのか？』

『そうではない。私のメイドに手を出すなと言っているんだ』

『ただのメイドだろう？』

『イズミは特別なんだよ』

いきなり言い合いが始まり、その当事者である和泉はおろおろとするばかりだ。

『特別ってどういうことだよ？』

『おまえには関係のないことだ、とにかくイズミには絶対に手を出すな』

『わかったよ』

ファビアンのきつい口調に引き際を感じたのか、アンソニーがため息混じりに同意して言い合いが終わる。

どうなることやらと心配していた和泉が胸を撫で下ろすと、腕を掴んでいたファビアンが肩に手を置いてきた。

「和泉、紅茶を書斎まで頼む」

「はい、すぐにお持ちいたします」

いつもと変わらない穏やかな笑みを浮かべているファビアンに一礼し、そそくさとその場を離れて調理場に向かう。

「なんであんな言い方をしたんだろう……」

ファビアンの言葉がどうにも解せない。

アンソニーは自分に対して邪《よこしま》な思いを抱《いだ》いているようにも感じられたが、それは女性だと思い込んでいるからだ。

雇い主として注意を促すのは理解できるとはいえ、その場で彼に実は男性なのだと教えてあげれば、笑い話で終わったような気がする。

そもそも、「特別」とはなにを意味するのだろうか。アンソニーに対して、ファビアンが曖昧《あいまい》に言葉を濁したのも気になるところだ。

「ファビアンでも怒るんだなぁ……」

誰しも怒りを露《あら》わにすることはある。人とはそうしたものだとわかっていても、ファビアンに関しては怒鳴る姿など想像できないでいた。

それだけに、いきなり彼が大きな声をあげた驚きは大きい。彼を怒らせないよう気をつけなければいけないなと、そんなことを考えつつ調理場のドアを開けると、目の前に高野辺がいた。

「これを運んで」

驚きに目を瞠《みは》った和泉に、高野辺が大きなトレイを差し出してくる。

トレイには二人分のティーセットと、ウォーマーを被《かぶ》せたティーポット、それに焼き菓子が盛られた小振りの籠《かご》が載っていた。

「このクッキー、アンソニーの好物なんだ」

「アンソニーさんのことご存じなんですか？」

トレイに載った籠を指さしてきた高野辺を、きょとんと見上げる。

「ああ、ロンドンの屋敷に年中、顔を出すからね」

「あっ、そうか……」

和泉は苦笑いを浮かべた。

高野辺は純然たる日本人だから、ウッドヴィル侯爵家で長らく働いているということをつい忘れてしまったのだ。

「じゃあ、お届けしてきます」

「すっかりその格好が板についたな？」

笑顔で一礼してその場をあとにしようとした和泉は、からかってきた高野辺を足を止めて振り返る。

「アンソニーさんに女の子と間違えられちゃいましたよ」

情けない思いがあって肩をすくめると、彼が声を立てて笑った。

「しかたないよ。三津坂《みつさか》君、可愛すぎるから」

「二十三にもなってそう言われても、嬉しくないんですけどね」

「事実だからしょうがない」

諦《あきら》めろとばかりに笑った彼に言い返したかったけれど、ここで油を売っていたのでは紅茶が冷めてしまうと思って堪《こら》える。

「行ってきます」

高野辺に背を向け、調理場を出て書斎に向かう。

書斎に紅茶を運ぶのが日課になっている。ファビアンがコーヒーを口にするのを見たことがない。

イギリスにアフタヌーン・ティーの習慣があることは知っていたが、屋敷で働き始めてイギリス人は本当に紅茶が好きなのだと実感した。

「失礼いたします」

ノックをして扉を開け、一礼して足を踏み入れる。

ファビアンは机の前に立っていて、アンソニーは窓際に置かれた鳥籠を覗《のぞ》き込んでいた。

『元気そうだな？　初めてのフライトはどうだった？』

ハニーに話しかけたアンソニーが、鳥籠をちょんちょんと指先で叩《たた》く。

ファビアンからハニーに話しかけるなと言われていたから、アンソニーを見てちょっと驚いた。

どうしてアンソニーはよくて自分はだめなのか。なんだか腑《ふ》に落ちなかった。

「そこに置いてくれないか」

「はい」

ファビアンから長椅子の前にあるテーブルを指さされ、一礼した和泉はしずしずと紅茶を運んでいく。

長いスカートの裾は上手《うま》く捌《さば》けるようになったけれど、後ろで結んでいる大きなリボンは予想もしないところで引っかけたりするから、いまも注意が必要だった。

『可愛いな、ハニーは』

アンソニーも鳥が好きなようだ。しきりにかまっている。

〈ハニー……カワイイ〉

『そうそう、ハニーは可愛い』

〈カワイイ、ハニー、カワイイ〉

アンソニーの言葉を、ハニーが上手に真似《まね》る。

(英語なんだ……)

英語圏で飼われている鳥なのだから、真似て喋《しゃべ》る言葉が英語になるのは当然だ。とはいっても、初めて聞いたから驚く。

世話をするようになってハニーは懐《なつ》いてくれたけれど、話しかけることを禁じられているので、鳥と触れ合っていても楽しさが半減している。

他にもいろいろ喋るのだろうか。ハニーの英語をもっと聞いてみたいなと、そんなことを思いつつテーブルにティーセットやポットを並べていった。

「和泉、もう下がっていいよ」

「あっ……はい、失礼します」

ハニーに目が行ってしまっていた和泉は、机を回り込んできたファビアンに言われ、慌てて頭を下げる。

アンソニーとハニーのやり取りを、もう少し聞いていたかったから残念でならない。

ファビアンに背を向けてトレイを両手で胸に抱き、後ろ髪を引かれる思いで扉に向かう。

〈イズミ……カワイイ……イズミ……ドコニイルンダ……イズミ……アイタイ……〉

扉を開けようとしたところで聞こえてきたハニーの声に、和泉は思わずハッとする。

（イズミ？）

確かにハニーは日本語でそう言った。

聞き間違いなどではない。

どうして自分の名前を口にしたのだろうか。

『アンソニー、お茶にしよう。キョウゴがシナモンクッキーを焼いてくれたぞ』

『相変わらずキョウゴは気が利《き》くな』

『いい香りだ』

『多めに焼いてもらって、ロンドンに持って帰るかな』

ファビアンとアンソニーが会話を始め、邪魔をしてはいけないといった思いから、和泉は扉を開けて廊下に出て行く。

「なんでハニーが僕の名前を……」

しきりに首を傾《かし》げつつ、調理場に足を向ける。

日本語で喋ったのは、ファビアンの言葉を真似たからだろう。

屋敷で働き始めてから五日になるのだから、ファビアンがなにかの拍子に口にした和泉の名前を、ハニーが覚えても不思議ではない。

「でも、どこにいるんだとか、会いたいとか言ってたよなぁ……別の人ってことも……」

ハニーが口にした和泉が、自分のことだと思うにはあまりにも不自然だ。

とくに珍しい名前ではないし、女性にも使われるから、別人であることも考えられた。

「うーん……」

廊下の中ほどで足を止め、トレイを抱えたまま遠くを見つめる。

かつて自分が飼っていたモモイロインコを、ファビアンも飼っていた。偶然と言ってしまえばそれまでだが、なにか引っかかるのだ。

和泉がモモピーを飼っていたのは十年ほど前のことで、ハニーの年齢とほぼ同じだ。ファビアンは同時期にモモイロインコを飼い始めたことになる。これも偶然なのだろうか。

「そういえば……」

その場に佇《たたず》んだまま思いを巡らせていた和泉は、ふと脳裏に浮かんだ過去の出来事に目を瞠った。

小学校に通っていたときに仲よくなった外国人の上級生に、モモイロインコをプレゼントしたことがあったのだ。

「そうだよ、あの金髪の王子さま……」

名前を思い出せずにいた上級生の記憶が、なぜか急にまざまざと蘇《よみがえ》ってきた。

「確か、デイビィって……」

和泉は小学六年生で、デイビィと呼んでいた上級生は中学三年生だった。

本当の名前はデイビッドだけど、愛称のデイビィで呼んでほしいと言われ、ずっとそうしていたが名字は知らなかった。まだ子供だったから、名前がわかっていればそれでよく、あえて訊きもしなかったのだ。

デイビィと初めて会ったのは、忘れもしない鳥小屋の前。校庭に大きな金属製の鳥小屋が設けられていて、そこで飼っている幾種類もの鳥を世話しているときのことだ。

きらきらと輝く金髪や、宝石のような青い瞳の彼から話しかけられ、最初はびっくりしたけれど、日本語がかなり上手く、互いに鳥好きということもあってすぐに仲よくなった。

それからは、放課後に鳥小屋の前で待ち合わせるようになり、下校の時間までいろいろなことを話して過ごした。

「デイビィにモモイロインコをあげたけど……」

卒業式を終えたら帰国するとデイビィから聞かされ、仲よくなった記念に和泉はモモイロインコをプレゼントした。

可愛がっているモモピーの写真を見た彼が、自分も飼ってみたいと言ったことを覚えていたからだ。

ファビアンは日本で暮らしたことがあると言っていた。もしデイビィがファビアンだとしたら、ハニーはあのときプレゼントしたモモイロインコの可能性がある。

「でもなぁ……」

ファビアンがあの上級生ならば、和泉の名前と年齢を知っているのだから、面接のときに確認をしてきてもよさそうなものだ。

それに、かつてモモイロインコを飼っていた話もしている。それでも彼はなにも訊ねてこなかった。

デイビィとはまったくの別人だからだろうか。それとも、和泉にあのころの面影がないから、気づかないでいるのだろうか。

「偶然、同じ名前だったくらいに思ってるのかもしれないし……」

ファビアンに確認するのは容易《たやす》いことだ。けれど、和泉にはそんな勇気などない。

有名な私立の学校に通えるほど裕福だったのは、小学校を卒業するまでのこと。それ以降は、公立の学校に通うのがやっとの生活を送ってきた。

ある日を境に、一等地に建つ邸宅での優雅な暮らしから、安アパートでの質素な暮らしに変わり、まさに天国と地獄を味わった。

父親が事業に失敗したのが原因なのだが、両親に愛されて育った和泉は恨みを抱くことなく、過去を封印して生きてきた。

あくせく働いて稼がなければならない身となっているのに、ファビアンは成功を収めた実業家であるだけでなく侯爵なのだ。

もし仮にファビアンがデイビィならば、今の自分があのときの和泉だと知られるのは恥ずかしい。

デイビィでないならば、落ちぶれた身であることを自らファビアンに教えることになってしまう。

それを知って馬鹿にしてくるとはとうてい思えないけれど、知らずにいてくれたほうがこちらとしては気が楽だ。

ファビアンが気づいていないにしろ、まったくの別人にしろ、過去のことは話題にしないほうがよさそうだった。

「気になるけど……」

小学生のころには戻れないとわかっているから、意識的に過去を封印してきたのだ。それはいまも変わらない。

「きっと偶然だ……」

デイビィと長い時を経て、こんなふうに再会するなどあり得ない。

一枚の張り紙がきっかけで働き始めた屋敷の主が、デイビィであるはずがない。

「仕事しなきゃ……」

まだ掃除を終えていないことを思い出した和泉は、トレイを戻すために調理場へと急いでいた。

＊＊＊＊＊

夕方になってファビアンとアンソニーが外出し、和泉はさっそく書斎の掃除を始めた。

ファビアンがいないときしかモップ掛けができないから、いつも後回しになってしまう。

水に濡《ぬ》らして固く絞ったモップで、床を丹念に拭いていく。掃除機をかけるよりも、モップ掛けのほうが面倒だった。

一度、スカートの裾がバケツに引っかかり、書斎に水をぶちまけそうになってしまい、それからは中庭にある水場でモップを洗うようにしているのだ。

部屋の近くまでバケツを運んでくることも考えたけれど、廊下に敷き詰められている絨《じゅう》毯《たん》を濡らしたらそれこそ目も当てられない。

とはいえ、モップ掛けをするのは一階にある書斎とダイニング・ルームだけなので、悲惨な事態を招かないためには仕方ないと割り切っていた。

「ふぅ……」

机の下を拭き終え、立てているモップの柄を支えにひと息つく。

〈ピュル、ピュルルルル～〉

窓辺に置かれた籠の中で、ハニーが歌うように鳴いた。

「ハニー、どうして和泉って言ったの？」

思わず話しかけてしまった和泉は、慌てて口を手で押さえる。

〈イズミ、アイシテル……イズミ、ワタシノイズミ……ハヤクアイタイ……〉

急に喋《しゃべ》り始めたハニーを、息を呑《の》んで見つめた。

これほどまではっきりと喋るのは、ファビアンがハニーのいるところで繰り返し口にしたからだろう。もしくは、ハニーを思い人の代わりとして話しかけてきたのかもしれない。

〈ユビワノコト、ワスレテシマッタ……ヤクソクノユビワ……〉

「指輪……」

新たな記憶が蘇ってきた和泉は、モップの柄を摑んでいる左手に目を向けた。

「あのとき……」

母親の形見だと思って小指にはめた指輪を外し、しげしげと眺める。

モモイロインコをプレゼントした数日後に、お礼だと言ってデイビィから渡された小さな箱に、銀色の指輪が入っていた。

「確か裏に……」

机の上にあるライトのスイッチを入れ、明かりの下で指輪の裏側を確認する。

「トゥ・アイ・エム　フロム　エフ・ディー・ダブリュー　ウィズ　ラブ……」

刻まれた英文を読んで愕然《がくぜん》とした。

I・Mは和泉の、そして、F・D・Wはファビアン・デイビッド・ウッドヴィルの頭文字を取ったものだ。

「やっぱりデイビィだった……でも……」

指輪を握り締めた和泉は、解せない顔でハニーを見つめる。

荷物を持って屋敷を訪ねてきた日、ファビアンは小指にはめている指輪に言及してきた。

自分が贈った指輪だと気づいたからだろう。面接をしたときは同じ名前くらいに思っていたかもしれないが、指輪を見た時点でかつて親しくした和泉であることを確信したはずだ。

それなのに、ファビアンはそのことに触れてこなかったばかりか、どこか不機嫌そうな顔をしていた。

「あっ……母親の形見って言ったから……」

指を開いた和泉は、手のひらに載っている小さな指輪を摘《つ》まみ、小指にしっかりとはめる。

劇的な再会を果たしたはずなのに、こちらがすっかり忘れていたからファビアンは腹を立てたに違いない。

「あのとき言ってくれればよかったのに……」

確信しながら彼があえて言わずにいたのはなぜだろうか。

〈イズミ……〉

ハニーに呼ばれたような気がし、和泉は静かに鳥籠に歩み寄って行く。

「まだなにかお喋りできるの？」

クリッとした大きな瞳を見つめて話しかけると、ハニーが小首を傾げて見返してきた。

〈オヨメサンニナル……ヤクソク……〉

「約束……」

ファビアンと交わした約束を思い出した和泉は、唇を嚙《か》みしめて高い天井を仰ぎ見る。

お返しに指輪をプレゼントしてくれた彼から、大きくなったら花嫁になってほしいと言われたのだ。

小学六年生にもなれば、自分と同じ男の子からプロポーズされるのは、おかしいことだとわかっている。

それでも、本当の王子様のように格好よくて優しい彼が大好きだったから、本気でお嫁さんになりたいと思った。

だから、迷うことなく「大きくなったらデイビィのお嫁さんになる」と答えた。そうしたら、約束の証《あかし》だといって彼が指輪をはめてくれたのだ。

「あのときは薬指だった……」

小指にはめた指輪に、和泉は改めて目を向ける。

そっと薬指に通されていく指輪を、幸せな気持ちで見つめていたことを思い出す。だが、素敵な思い出はそこまでだ。

小学校の卒業式を前に、和泉は両親とともに夜逃げ同然で引っ越しをしてしまい、帰国する彼に別れを告げられなかった。

これまでのように贅沢《ぜいたく》な暮らしはできないと両親から言われてまず感じたのは、デイビィと二度と会えないという悲しみと寂しさだった。

「どうしよう……」

すっかり忘れていた自分に対して、ファビアンはまだ怒っているのだろうか。

子供のころのこととはいえ、結婚の約束をしたのは事実だ。

再会した相手がそれを忘れていると知っただけでも、かなりショックを受けたはずで、そのうえまったく気づきもしないのだから、怒りを通り越して呆《あき》れているかもしれない。

「早く言ったほうがいい気がするけど……」

自ら身を明かすのは勇気がいる。

別れも告げずに突然、姿を消した理由を説明しなければならないからだ。

再会を喜び合いたい気持ちは、もちろんある。ただ、ファビアンが立派になっているだけに、身の上話をするのは恥ずかしい気持ちもあった。

「ハニー……どうしたらいいかな？」

話しかけてみたけれど、羽繕《はづくろ》いに忙しいハニーは見向きもしてくれない。

ファビアンがずっとなにも言わずにいるのは、こちらが思い出すのを待ってくれているからだとしたら、早く決断を下すべきだろう。

「デイビィ……」

急がなければとわかってるけれど、そう簡単に心が決まらない和泉は、悶々《もんもん》とした思いを胸に抱きつつモップ掛けを再開していた。

＊＊＊＊

ファビアンとアンソニーが帰宅したのは、深夜近くになってからだった。

帰ってくるまで待つつもりで着替えずにいた和泉は、二人の話し声に気づいて部屋を飛び出し、玄関ホールに向かった。

二人ともかなり酒を飲んできたらしく、足元がふらついていたアンソニーは早々にゲスト・ルームに行ってしまい、ファビアンから紅茶を頼まれた。

高野辺はもう寝てしまっているが、紅茶くらいであれば和泉も淹《い》れることができる。

「どうしよう……」

まだ自分から言うことに躊躇《ためら》いがある和泉はどうしたものかと悩みながら、調理場で自ら用意をした紅茶をトレイに載せて居間に運んでいく。

「失礼します」

居間の扉は開け放したままになっていたから、和泉は声をかけて入っていった。

ファビアンは長椅子の肘掛《ひじか》けに背を預け、両の脚を座面に投げ出してくつろいでいる。

三つ揃いの上着を脱ぎ、ネクタイの結び目を緩め、シャツのカフスを外して袖《すそ》を軽く捲《まく》り上げていた。

〈ピュ～ルルン〉

ハニーの元気な鳴き声が居間に響く。

どうやらファビアンが書斎から連れてきたようだ。

「お待たせいたしました」

運んできたトレイをテーブルの端に下ろしてティーセットを並べ、淹れ立ての紅茶をカップに注《つ》いでいく。

「ありがとう」

足を床に下ろしたファビアンが、ハニーを肩に載せてティーカップを取り上げる。

少し疲れたような顔をしているのは、酒を飲みすぎたからだろうか。

彼は夕食時にワインを飲むが、せいぜい二、三杯くらいのものだ。

寝酒もしないと言っていたから、さほど好きではないのだと思っていたのだが、自宅ではほどほどにしているだけなのかもしれない。

「和泉が淹れる紅茶は美味《うま》い」

紅茶を啜《すす》ったファビアンが、満足そうな笑みを浮かべて見上げてくる。

実は高野辺に代わって淹れた紅茶をファビアンに不味《まず》いと言われ、発憤した和泉は何度も練習をしたのだ。

「ありがとうございます」

彼に褒めてもらえたのが嬉しく、自然に顔が綻ぶ。

「そうそう、着た切り雀《すずめ》では可哀想だから、和泉の制服をもう一揃い頼んでおいたよ」

そう言って瞬《また》く間に紅茶を飲み干したファビアンが、手を伸ばしてカップをテーブルに戻すと、肩に止まっていたハニーが軽く羽ばたいたかと思うと、和泉の頭に飛び移ってきた。

「こらっ……」

ファビアンに礼を言う間もなく、頭につけているリボンを尖《とが》った嘴《くちばし》で啄《ついば》まれ、慌ててハニーに手をやる。

「和泉、大丈夫か?」

〈イズミ、カワイイイズミ……イズミ……アイシテル〉

ファビアンが口にした名前に反応したのか、急にハニーが喋り出した。

〈イズミ、イズミ、アイシテルルルル～〉

歌うように鳴きながら羽ばたき、和泉の頭からテーブルに着地する。

「あっ、あの……」

「いや、これは……」

口籠《くちご》もったファビアンは、かなり気まずい顔をしていた。

これ以上、彼を困らせてはいけない。己の境遇を知られるのが恥ずかしいとか、そんなことを考えている場合ではない。和泉はようやく意を決した。

「デイビィ……ごめんなさい、僕……」

申し訳ない思いで詫《わ》びた和泉を、彼がハッと目を瞠って見返してくる。

「和泉……やっと思い出してくれたのか?」

「はい……本当にごめんなさい……ずっと……」

「和泉……」

感極まったように唇を嚙みしめて立ち上がったファビアンに、力強く抱きしめられた。

「デイビィ……」

広い胸にすっぽりと包み込まれ、懐かしさと安堵《あんど》を覚える。

もう二度と会うことはないと思っていた。十年以上の時を経て再会できたのが、まるで夢のようだ。

嬉しくてたまらないからこそ、すぐに思い出せなかったことが悔やまれてならなかった。

「私はひと目で君がわかったというのに、君ときたら……」

「だって、大人になったデイビィはすごく格好よくて、子供のころとは別人になっていたから……」

言い訳めかした和泉は、苦笑いを浮かべてファビアンを見返す。

すぐにわかったと言う彼は、これまでどんな思いでいたのだろうか。顔を見ても気づかなかったばかりか、指輪のことも忘れていたのだから、申し訳なさが募った。

「君はあのころのままだよ、いまも変わらず可愛い」

「そんな……」

そっと身体《からだ》を離したファビアンが、両手で優しく頰を挟んでくる。

見つめてくる魅惑的な青い瞳に、小学生のころ一緒に過ごした時間が、怒濤《どとう》のように蘇ってきた。

「いったいなにがあったんだい？　急に私の前から姿を消してしまったから、君に嫌われてしまったのかと……」

「そんなことない」

ファビアンの言葉を遮ってまでも否定したのは、嫌いになるなどあり得ないからだ。

いつもキラキラと輝いて見えた彼は、世界中で一番好きなまさに和泉の王子様だった。

「本当に？」

「デイビィは僕の王子様だったのに、嫌いになんてならない」

疑うように瞳を覗き込んできた彼に、満面の笑みで見返す。

思い出を封印したのは、ファビアンと過ごした時間が楽しすぎたから。二度と会えない彼を思い出すのが辛《つら》かったから。

こうして再会できたのも、縁があったからこそなのだろう。別れも告げずに姿を消した理由を知られたくない思いはいまもあるけれど、やはり喜びのほうが大きかった。

「和泉、いますぐ君が欲しい……」

「デイビィ？」

切羽詰まった声をもらしたファビアンを、どうしたのだろうかと首を傾げて見上げる。

「十年以上、君のことだけを思ってきたんだ、もう待てない」

「ちょっ……」

いきなり身体をすくい上げられそうになり、びっくりしてあたふたと彼の手から逃れた。彼がなにがしたいのか、さっぱりわからない。「欲しい」とか「待てない」とか、いきなり言われても理解に苦しむ。

「デイビィ、もう寝たほうがいいですよ」

普段と変わらない顔をしているし、足取りもしっかりしていたから気づかなかったけれど、かなり酒に酔っているに違いない。

すでに深夜を回っている。積もる話はあるけれど、一緒に暮らしているのだから急ぐことはない。

とにかく今はファビアンを寝室に連れて行き、寝かせたほうがいいような気がする。

「さあ、寝室に行きましょう」

和泉が手を取ると、彼は笑って素直に指を絡《から》めてきた。

「ハニー、おいで」

呼ばれてテーブルから飛び立ったハニーが、ファビアンの肩に止まって嬉しそうに鳴く。

〈ピュールル〉

鳥籠は書斎だけでなくファビアンの寝室にも置いてある。昼は書斎、夜は寝室と、彼は鳥籠を使い分けていた。

肩にハニーを載せたファビアンと手を繋《つな》いで廊下に出た和泉は、そのまま隣の寝室へと足を向ける。

和泉が寝室の扉を開けると、彼は繋ぎ合った手を離して先に中に入り、ハニーを鳥籠に収めた。

続いて寝室に入った和泉は、昼間、自ら整えたベッドに歩み寄り、長いスカートをたくし上げて片膝《かたひざ》をベッドに載せる。

「よいっしょっと……」

思いきり手を伸ばしてカバーの端を掴み、丁寧に折り畳みながら外していく。

キングサイズのベッドだから、思いのほか手が掛かる。

掃除の際にはあまり気にならなくなったメイド服も、このベッドを整えるときだけは邪魔に感じた。

「うわっ……」

カバーを畳み終えたところで背後からトンと押され、和泉は前のめりにベッドへ倒れ込んでしまう。その拍子に、頭につけているリボンが外れて落ちた。

「デイビィ？」

こんな悪戯《いたずら》をするのはファビアンしかいない。

急になにをするのかと、ベッドに両手をついて振り返ると、エプロンのリボンをクイッと引っ張られた。

「デイビィ、なにして……」

解《ほど》けたリボンの紐《ひも》が、はらりとベッドに落ちる。

「もう待てないと言っただろう？」

片手で背中を押しつけてきた彼が、メイド服のファスナーを下ろし始めた。

いくら酔っているからとはいえ、悪戯ではすまされない。

「デイビィ、やめて」

勢いよく寝返りを打ち、きつい視線を彼に向ける。

けれど、ファビアンは意に介したふうもなく、靴を脱いでベッドに上がってくると、仰向《あおむ》けになっている和泉の腰を跨《また》いできた。

動きを封じられ、にわかに焦る。いつもの紳士的なファビアンと違う。こんなに酒癖が悪いとは思ってもいなかった。

「デイビィ……」

困惑も露わに見上げた和泉に、彼が熱い眼差《まなざ》しを向けてくる。

青い瞳が普段以上に艶《つや》やかに見えるのは、酔っているからだろうか。

いっときも逸《そ》れることがない魅惑的な瞳に捕らえられ、金縛りにあったかのように身体が硬直する。

「脱がしてあげるよ」

ふっと微笑《ほほえ》んだファビアンが、メイド服の肩を摑んで引き下ろしていく。

裸の胸、さらには下腹が露わになり、とてつもない羞恥と恐怖を覚えた和泉は、咄嗟《とっさ》に彼の手を摑んだ。

「さあ、すべてを見せて」

息を呑んで見つめる和泉に微笑んできた彼に、躊躇うことなくメイド服を脱がされる。

エナメルの靴も、靴下も脱がされ、為《な》す術《すべ》もなく下着一枚の姿を彼に晒《さら》した。

「こんなにもきめ細やかで滑らかな肌は見たことがない……」

改めて腰を跨いできたファビアンが、慈しむように裸体を眺めてくる。

「ひゃっ……」

逃げ出したくてたまらないのに、サワサワと裸の胸を撫でられ、こそばゆさに身を捩《よじ》るしかできない。

「和泉は敏感なんだな」

楽しげに言ったファビアンが、ネクタイを解いてベッドの外に放り、シャツのボタンを外していく。

（まさか……）

いまになって和泉は、ようやく彼の意図を理解した。

彼は自分に対して、約束を交わしたころと同じ気持ちを抱いてくれているのだ。

花嫁になってもいいと思うほど、彼のことが好きだった。憧《あこが》れの王子様だった。

けれど、あれから十年以上の時を経ている。自ら思い出を封印したこともあるけれど、名前も顔も忘れてしまっていたのだから、ファビアンの気持ちに応えることに躊躇いがある。

「和泉、愛している」

上半身裸になった彼が、身体を重ねてきた。

「あっ……」

肌が直《じか》に触れ合った驚きに、和泉は言葉を失う。

「んっ……」

音が立つほどに首筋を啄まれ、広がっていく甘い痺《しび》れに抗《あらが》えなくなる。

ファビアンのことは好きだけれど、ベッドをともにしてもかまわないくらい好きかと言えば疑問だ。

なにしろ彼は同性なのだ。小学生のころとは違い、二十歳も過ぎれば、男同士の関係には慎重になる。

だから、自分の思いだけで行為に及ぼうとする彼の手から逃れたいのに、なぜか身体に力が入らないでいた。

「んふっ……」

喉元《のどもと》にキスされ、勝手に唇から零《こぼ》れた己の甘声に、和泉はこれでもかと羞恥を煽《あお》られる。これはいけないことだ。早くファビアンを止めなければ。いくらそう思っても、身体が言うことを聞いてくれない。

「っん……」

熱っぽい吐息がもれる唇を彼に塞《ふさ》がれ、大きく目を瞠る。

ファビアンと交わす二度目のキス。

最初のキスにもちゃんと意味があったのだと、今になって気づく。すぐに気づいたという彼は、ずっとキスをしたかったのだろうか。喜び勇んでしてしまったことに変わりはないけれど、キスには愛が込められていたのだ。

(どうしよう……)

伝わってくるファビアンの唇の熱、そして、仄《ほの》かに香るアルコールに、和泉は激しく心が乱れた。

「ふぁ……」

唇をツッと舐められ、甘い吐息が零れ落ちる。

「う……ん」

舌先で少し強引に歯列をこじ開けてきた彼が、口内をくまなくなぞってくる。

生まれて初めて味わう本格的なキスに、わけもわからず昂揚《こうよう》して身が震えた。

唇を貪《むさぼ》られ、搦《から》め捕られた舌をきつく吸われ、呼吸も思考も乱れていく。

「うっ……」

剝《む》き出しの腿《もも》を撫でられ、ビクッと肩を跳ね上げた和泉は、顔を背けてファビアンの唇から逃れた。

「どうした？」

熱を含んだ青い瞳を、困惑も露わに見返す。

キスを気持ちよく感じたり、身体がどんどん熱くなっていくのが怖い。

子供のころのようにファビアンが好きかどうかもわからないのに、どうしてこんなにも感じてしまうのだろうか。

「和泉……愛《いと》しい、私の和泉……」

「やっ……」

甘い声音で愛を囁《ささや》いてきた彼に、大きな手で下着越しに己を摑まれ、和泉はビクッと肩を震わせた。

「デイビィ……」

「怖がらないで、私の可愛い和泉……」

あやすように言って肩口に顔を埋《うず》めてきたファビアンが、首筋に舌を這《は》わせながら大きな手で和泉自身を揉《も》みしだき始める。

たったそれだけのことに、下腹の奥がズクンと疼《うず》く。覚えのある心地よい感覚に、思わずあごが上がる。

「んっ……」

露わになった喉をきつく吸われ、今度は肩が小さく跳ね上がった。

自分しか触れたことがない場所で、ファビアンの手が動いている。

下着越しに感じる彼の手がやけに生々しくて、羞恥と恐怖がない交ぜになった。

「んんっ」

またしてもキスしてきた彼が、搦め捕られた舌を強く吸ってくる。

抵抗しようとしたのに、あまりにも熱烈なキスに背がしなやかに反り返った。

そのまま己を執拗《しつよう》に揉まれ、早くも馴染みある感覚が湧《わ》き上がってくる。

「もっと私に夢中になって」

キスを休んだ彼が耳元で囁き、再び唇を深く重ねてきた。

「んふっ……」

息が詰まりそうなほど濃厚なキスに、抗う気持ちが失《う》せていく。

身体の熱はかつてないほど高まり、指先までが燃え盛っていた。

「可愛い和泉、君のすべてを私に……」

唇を触れ合わせながら囁いたファビアンが不意に起き上がり、放心状態の和泉は熱に潤んだ瞳で見上げる。

「どれだけ和泉に焦がれ続けてきたことか……」

脇《わき》で膝立ちになった彼が、和泉の下着に手をかけてきた。

「やだっ」

剝き出しの股間に彼の視線を感じ、慌てて己自身を両手で隠す。

「和泉は可愛いな」

顔を綻ばせたファビアンが、和泉の足を左右に割って入り込んできた。

股間を隠している手をどけられそうになり、さすがに必死で抗う。

「無駄だよ」

小さく笑った彼に容易《たやす》く手を両脇に下ろされた。

身体が華奢《きゃしゃ》だから、そこは自信が持てるほどの大きさもなく、彼の目に晒す恥ずかしさに消え入りたくなる。

「こちらも可愛い」

ひとしきり和泉自身を見つめたファビアンが、下腹に顔を寄せてきた。

なにをしているのだろうかと思う間もなく、己の先端に彼の唇を感じて慌てふためく。

「ダメ……そんなこと……」

彼の頭を摑んで持ち上げようとするのだが、半勃《はんだ》ちの己をすっぽりと咥《くわ》え込まれて抗えなくなった。

「あっ……あぁ……」

あまりの気持ちよさに、一瞬にして身体の力が抜ける。

彼の頭を摑んでいる和泉の手が、脱力してパタンとベッドに落ちた。

「やっ……ふ……んんっ……」

腰に回してきた片腕で動きを封じてきた彼に、淫《みだ》らな音を立てながら先端部分を吸われ、得も言われぬ快感に全身が蕩《とろ》けそうになる。

萎《な》えかかっていた己が瞬く間に熱を帯び始め、吸われるほどに硬さを増していく。

「デイビィ……やっ……」

深く咥えている彼にきつく窄《すぼ》めた唇でつけ根から扱《しご》き上げられ、ただならない快感に妖《あや》しく腰が揺れ動いた。

セックスが未経験の和泉は自慰による快感しか知らないから、口淫によって与えられる快感が衝撃的すぎて目眩《めまい》がしてくる。

「んっ、んんっ……」

まだいくらも経っていないというのに、ファビアンの口内で和泉のそれはすっかり力を漲《みなぎ》らせていた。

唇で執拗につけ根から扱き上げられ、裏筋やくびれを舐め回され、たまらない快感が炸裂《さくれつ》する。

「あぁ、あっ……あぁぁ」

絶え間なく湧き上がってくる快感に、いつしか羞恥も忘れて溺《おぼ》れていた。

しばらくして、下腹の奥から抗い難い射精感がせり上がってくる。

それはまるで熱の塊《かたまり》が渦巻いているような強烈な感覚で、これまで味わったことがないものだった。

「やっ……デイビィ……もっ……」

我慢できそうにないくらい追い詰められた和泉は、ファビアンの肩を指が食い込むほどにきつく摑み、淫らに浮かせた腰を前後に揺らす。

「ダメ……もう離して……出ちゃうから……」

一刻の猶予もならない。

ファビアンの口内に吐精してしまうことだけは避けたいのに、いっこうに解放してくれる気配がなかった。

「デイビィ……お願い……」

涙混じりの懇願も聞き流した彼が、今にも弾《はじ》けそうな己を執拗に責め立ててくる。

射精感は高まるばかりで、もうどうにも我慢できない。

「もっ……無理……」

我慢の限界を超えてしまった和泉は、あごを反らしながら腰を浮かせ、ついに極まりの声をあげる。

「んっ、く……」

ファビアンの口内に勢いよく吐精し、ブルッと身を震わせた。

「はぁ……」

生温かい口内に精を放つのは、天にも昇るような心地だった。

ベッドに深く沈んだ身体の隅々にまで、甘い痺れが広がっていく。

「はぁ、はぁ……」

乱れた呼吸すら心地よく感じられていたのに、それを長くは味わうことはできなかった。

「いっ……やぁ」

達して間もない己を勢いよく吸い上げられ、激痛にも似た快感が走り抜けたのだ。

気持ちがいいけれど、ひどく辛い。こんな感覚は味わったことがなかった。

「和泉」

やんわりと和泉を抱きしめ、熱い眼差しを向けてきたファビアンの唇が、艶やかに濡れている。

唇を濡らしているのは、紛《まぎ》れもなく己が放った精だ。

余韻に浸る間もなく現実を目にした和泉は、申し訳なさに顔を真っ赤にする。

彼が無理強《じ》いをしてこなければ、こんな事態には陥らなかった。とはいえ、黙ってやり過ごすことはできない。

「ごめんなさい……僕……」

「どうして謝ったりするんだい？」

「だって……口に……」

言葉にするのも恥ずかしく、唇を噛んで視線を逸らす。

「いちいち謝っていたら、これから毎日、和泉は謝らなければいけなくなる」

「ま……毎日……」

思わず見返したファビアンの表情が思いのほか真剣で、和泉はあたふたする。

合意したつもりはさらさらないのに、彼はすっかり両思いのつもりでいる。

とんでもないと言い返そうとしたけれど、言葉を紡ぐことはできなかった。

「ひっ……」

微笑んでいる彼が、剝き出しの尻に手を回してきたのだ。

丸みを楽しむように柔らかに撫でていたかと思うと、尻のあいだにスッと指を滑り込ませてきた。

「やめて……」

自ら触れたことがない場所を指先がかすめた驚きに、一瞬にして身体が強張《こわば》る。

「性急すぎるのはわかっているよ。でも、私はもう自分を抑えられそうにないんだ」

切羽詰まった状態にあるのか、ファビアンが苦笑いを浮かべた。

「和泉、愛してるよ。愛しくてたまらない……」

何度も愛を囁かれ、おかしな気分になってくる。

「デイビィ……」

小さくつぶやいた和泉の唇にキスをしてくると、彼は自らの人差し指に唾液を纏《まと》わせ、尻のあいだにその指を滑り込ませてきた。

「やっ……」

「少しだけ我慢して」

もがく和泉を抱きしめてきた彼が、唾液に濡れた指で秘孔を貫いてくる。

「ひっ……」

「力を抜いていて」

力んだ和泉をあやしながら、彼が指先を奥深くまで挿《い》れてきた。

「くっ……」

裂けるような痛みと不快な異物感に、顔をしかめて尻を窄める。

力を抜いていることなど、とうていできそうになかった。

「和泉、いい子にしてて」

指から逃れようとあがく和泉をさらにきつく抱きしめたファビアンが、奥深くに収めた指で中を掻《か》き混ぜてくる。

「やっ……いやっ……」

痛みと不快感が強まり、堪えられそうにない和泉は激しく腰を振って逃げ惑う。

それなのに、彼は止《や》めてくれない。

「和泉のここはきつい」

つぶやきが耳をかすめると同時に、息苦しさに襲われた。

彼が指を二本に増やしたのだ。

無理やり秘孔に挿れた二本の指を動かし、柔襞《やわひだ》を解《ほぐ》してくる。

「んっ……」

痛みと不快感に、圧迫感が加わり、こめかみに冷や汗が浮かんできた。

いつになったら終わるのだろうかと、そんな思いに囚《とら》われ始める。

「はうっ」

なんの前触れもなく、身体の内側でなにかが爆発したような衝撃に襲われた。

全身が勝手にガクガクと震え、背中から一気に汗が噴き出してくる。

「なっ……やっ……」

秘孔に収めた指を彼が動かすと、またしても同じ衝撃が起こり、目の前を閃光《せんこう》が駆け抜けていった。

達したのかと思ったけれど、そうではない。まったく吐精していないのに、その瞬間の感覚だけを味わったのだ。

「いいところにあたったみたいだね」

楽しげに言ったファビアンが、何度も同じ場所を刺激してくる。

「やぁ……あぁぁ……ああっ、あっ、あぁ」

自分の身体でなにが起きているのかわからない。

ただ気持ちよくて、あられもない声が出てしまう。

痛みや不快感など、どこかに吹き飛んでしまった。

全身を駆け巡るとてつもない快感に、和泉は無意識に腰を揺らして身悶《みもだ》える。

「そろそろいいかな……」

ファビアンが突如、秘孔から指を抜き出す。

一瞬にして快感が消え失せ、弛緩《しかん》した和泉の身体がベッドに沈む。

「はぁ……」

ひと息ついたところで仰向けにされ、膝立ちになったファビアンに両足を担がれる。

「デイビィ……」

「やっと君とひとつになれる」

熱っぽい声をもらして見つめてきた彼が手早くスラックスの前を寛《くつろ》げ、下着の中から取り出した灼熱の塊で秘孔を貫いてきた。

「う、あああぁ――――」

身を引き裂かれるような痛みに叫び声をあげた和泉に、彼が足を担いだまま身体を重ねてくる。

無理な屈伸によって尻が浮き上がり、秘孔を貫く彼自身がより奥深くに届いてきた。息ができないくらい苦しくてたまらない。それに、ひどい圧迫感に胃の中のものが込み上げてきそうだった。

「和泉、少しだけ我慢して」

耳朶《みみたぶ》を甘嚙みしてきたファビアンが、彼の下腹に押し潰《つぶ》されている和泉自身を握り取り、やわやわと扱き出す。

「はふっ」

すっかり萎えてしまった己に感じた不意の快感に、和泉は小さく身震いした。

そのまま緩やかに扱かれ続け、秘孔の痛みを上回る快感に強《こわ》ばりが解けていく。

「は……あぁ……」

自然に意識が快感を得ている己に向かう。

「和泉、君の中がたまらなく気持ちいい……」

感じ入った声をもらした彼が腰を揺すり、秘孔に強烈な痛みが走った。

けれど、声をあげる間もなく彼に乳首を甘噛みされ、じんわりと広がった甘い痺《しび》れに痛みを忘れる。

「んっ……」

己自身と乳首から湧き上がってくる快感に、何度も身震いした。

ファビアンに扱かれて力を取り戻した己が、熱く脈打ち始める。

下腹の奥で渦巻くせつない感覚と、乳首から広がっていく甘い痺れの心地よさに、和泉はすっかり酔いしれていた。

「ああっ……あぁん……」

巧みな指先が鈴口を刺激してくる。

初めて味わう快感に、もどかしげに腰を捩った。

ちょっとした動きに秘孔が痛んだけれど、己から湧き上がる快感のほうが強烈で、擦《こす》られる鈴口に意識がすぐに舞い戻る。

「デイビィ……デイビィ……」

二度目の射精感に襲われた和泉は、彼の頭を掻き抱きながら身を震わせる。

「さっきイッたばかりなのに、またイキたくなったかい？」

笑いを含んだ声で、彼が耳をくすぐってきた。

たったそれだけのことに快感が増幅し、射精感が一気に強まる。

「だって……」

「わかったよ」

ファビアンがゆっくりと腰を使い始め、忘れていた秘孔の痛みが炸裂した和泉は、顔をしかめて頭を左右に振った。

何度も突き上げられて痛みは増していくのに、同時に己を扱かれているから、どこでどう感じているのかわからなくなる。

「和泉、私もイキそうだ」

激しく腰を使っていたファビアンが、上擦《うわず》った声をもらしたかと思うと動きを速めた。

「んんっ」

秘孔の痛みが脳天を突き抜けていく。

小さな和泉の身体が上下に揺れ動き、しなやかな髪が汗に濡れた頬に張りつく。

確かに痛くてたまらないけれど、ファビアンと繋がっている証だと思うと、なぜか胸が熱くなってきた。それは、とても不思議な感覚だった。

「ああっ、んん……んっ、ん……デイビィ……デイビィ……」

「和泉、和泉……」

互いに名前を呼びながら、ともに頂点を目指していく。

激しく身体を揺さぶられ、噴き出した汗が飛び散る。

「あっ、も……出る……」

ファビアンと一緒に達したかったけれど、とても待てそうにない。

和泉の限界はもうそこまで来ていた。

「デイ……ビィ……」

達する瞬間、最後の一突きとばかりに腰を打ちつけてきた彼に、身体が軋《きし》むほどきつく抱きしめられる。

「んんっ」

「くっ……」

ほぼ同時に極まりの声をもらし、ともに精を解き放つ。

「あふっ……」

短時間で二度も吐精するなど、生まれて初めてのこと。

強烈な快感に全身を震わせる和泉は、己の内に放たれた熱い迸《ほとばし》りを感じながら意識を飛ばしていた。

＊＊＊＊＊

〈グッモーニーン、グッモーニーン……〉

どこからともなく聞こえてきたハニーの元気な声に、ぐっすりと眠っていた和泉は何度か瞬《まばた》きをして目を開ける。

「うーん……」

寝起きはいいはずなのに、やたらと瞼《まぶた》が重い。

目覚まし時計もまだ鳴っていないから、もう少し寝るつもりで目を閉じようとしたそのとき、すぐ近くにある青い瞳に気づいて息を呑んだ。

「なっ……」

「おはよう」

肘枕をついてこちらを見つめていたファビアンが、満面に笑みを浮かべて和泉に覆い被さり、驚きにポカンと開いた口を塞いできた。

「んっ……」

いきなりの濃厚なキスに、昨夜のことが一瞬にして蘇ってくる。

抗うことができないまま、ファビアンと最後までしてしまった。

彼の愛が確かなものであることはわかった。ならば、自分はどうなのだろうか。

結婚の約束をしたくらい大好きな王子様ではあるけれど、それは子供のころの話であり、現在のファビアンに恋愛感情を抱いているかもわからない。

ファビアンが囁く愛の言葉と、初めて味わう蕩けるような快感に、抵抗できなかった自分が情けなくてならなかった。

「はふっ……」

長いキスからようやく解放された和泉は、ファビアンと目を合わせるのが恥ずかしく、そそくさと上掛けを捲って起き上がる。

「あっ……」

素っ裸で寝ていたことに気づき、とてつもない羞恥に駆られて全身が真っ赤に染まった。

とはいえ、いつまでもファビアンのベッドにいるわけにいかない。

上掛けを引き寄せて裸体を隠し、彼に脱がされたメイド服を探してキョロキョロする。

「制服ならそこだよ」

いつの間にか身体を起こし、大きな枕をクッション代わりにしているファビアンが、寝室の片隅に置かれた長椅子を指さす。

「あ、ありがとうございます」

恥を忍んで裸のままベッドを飛び出し、長椅子の背にかけられているメイド服を慌ただしく身に着けていく。

（あれっ？　パンツがない……）

頭にリボンもつけ、靴下も靴も履いたが、下着が見当たらない。

ファビアンは知っているだろうが、訊ねるのが憚《はばか》られた和泉は、寝室の掃除をするときに探すことにしてベッドに向き直る。

「たまには一緒にここで朝食を食べよう」

ベッドで寛いでいる彼を、和泉は困り顔で見返す。

昨夜、激しく抗わなかったから、彼は相思相愛だと思い込んでいるに違いない。

誤解を解いたほうがいいような気がするが、嬉しそうな顔をしている彼を見ているとそれも忍びなくなってくる。

「どうかした？」

「いえ、すぐにご用意いたします」

訝《いぶか》しげに眉根《まゆね》を寄せたファビアンに笑顔で一礼した和泉は、急ぎ足で寝室を出て静かに扉を閉めた。

「あんなことしちゃったのに、どんな顔して食事すればいいんだろう……」

廊下を歩き出したところで、エプロンのポケットが膨らんでいることに気づき、片手を差し入れる。

「あっ……」

ポケットから出てきたのは、小さく折りたたまれた和泉の下着だった。

廊下の真ん中で穿《は》くわけにもいかない。それに、どうせなら新しい下着を身に着けたい思いがあった。

自室に戻って洗濯物用の籠に持っている下着を放り込み、クローゼットから取り出した下着を穿いていく。

メイド服を着てから下着を穿くのは初めてで、自分でスカートを捲り上げているからか、なんとも言えず恥ずかしかった。

しかし、仕事を始める時間はとうに過ぎている。恥ずかしがっている場合ではない。

「急がないと……」

鏡の前でスカートを下ろして裾を整え、エプロンのリボンを改めて結び直す。

慌てて身支度をしたから、リボンが縦結びになっていたのだ。寝室を出るときにファビアンが笑ったような気がしたけれど、きっとリボンがきちんと結べていなかったからだろう。

「これでよしと……」

部屋を出た和泉は、真《ま》っ直《す》ぐ調理場に向かう。

高野辺は朝が早く、七時前には仕事を始めている。八時から働き始める和泉が、その前に朝食をすませるために、彼は早起きをしてくれているのだ。

自分ひとりのために申し訳ないと思い、和泉はそのことを高野辺に伝えたことがあった。

けれど、ロンドンの屋敷ではもっと早い時間から仕事をしていたらしく、彼は気にするなと笑って答えてくれた。

「おはようございます」

「遅かったな？　珍しく寝坊でもした？」

調理場に入っていくと、コックコートに身を包んだ高野辺がナイフを手に和泉を振り返ってきた。

「ちょっと……」

事情など説明できるわけもなく、苦笑いを浮かべて肩をすくめ、彼に歩み寄って行く。

「ファビアンと一緒に寝室で朝食を取ることになったので、二人分お願いします」

「寝室って、具合でも悪いのか？」

ファビアンを心配した高野辺に、笑顔で首を横に振る。

「違いますよ、たんなる気まぐれです」

「そうか……」

安堵の笑みを浮かべた彼が朝食の用意を始め、和泉は胸を撫で下ろす。

昼と夜はファビアンと二人で食事をしているが、朝食はいつも別々に食べている。

それが、今朝にかぎって寝室で一緒に食べるというのだから、高野辺も訝しがるだろうと思い、どう言い訳しようかと頭を痛めていたのだ。

「ファビアンはいつもオムレツだけど、三津坂君も同じでいいかな？」

「はい」

高野辺に答えつつ調理台に置いたトレイに、食事に必要なカトラリーを載せていく。

「スコーンだから、ジャムとバターを頼むよ」

「はーい」

冷蔵庫に行ってジャムとバターを取り出し、専用の小さな器に盛りつける。

「あっ、紅茶……」

高野辺がフライパンを返す軽快な音を聞きながら、紅茶を淹れる準備を始めた。

「ほい、できた」

オムレツに生野菜を添えた皿を両手に持って運んできた高野辺が、調理台にトントンと下ろしていく。

「料理を運ぶならワゴンのほうがいいな」

「ワゴン？」

和泉が小首を傾げると、彼が調理場の片隅から金属製のワゴンを転がしてきた。

ホテルのルームサービスで使うワゴンより小振りだが、形はほぼ同じだった。

「ありがとうございます」

二人分の朝食ともなると食器の数も多い。二度に分けて食事を運ぶことになるかもしれないと思っていたから、高野辺の気遣いがありがたかった。

トレイに用意していたカトラリーやティーセットをワゴンに移し、高野辺が作った料理を載せていく。

「これで全部ですか?」

「ああ」

調理器具を片づけ始めている高野辺が、背を向けたまま返事をしてきた。

「冷めないうちに早く持ってって」

「はい」

急ぐよう促され、和泉はワゴンを押しながら調理場を出て行く。

トレイで紅茶セットを運ぶことには慣れたが、やはりワゴンを使うと楽だ。

廊下は絨毯が敷かれているから、キャスターの動きも静かで滑らかだった。

「失礼します」

寝室の扉をノックして開き、一礼してからワゴンを押して中に入る。

鎧戸が全開にしてあり、寝室の床に朝陽が差し込んでいた。

「そこに置いて」

鳥籠から出したハニーを腕に載せ、窓枠に腰かけているガウン姿のファビアンが、部屋の中央にある小さなテーブルセットを指さしてくる。

彼は素足に室内履きを突っかけていた。どうやらガウンの下にはなにも身に着けていないようだ。

そんな些細《ささい》なことに、彼に灼熱の楔《くさび》を穿《うが》たれたときの感覚が蘇り、羞恥を煽られて顔が火照《ほて》ってくる。

「はい」

平静を装って返事をした和泉は、運んできた料理をテーブルに並べていく。

恥ずかしいのにファビアンが気になり、つい目を向けてしまう。

彼は陽差しの中で、柔らかな羽がこんもりとしているハニーの小さな頭を、愛おしげに撫でている。

その様子に、ふと学校の鳥を可愛がっていた彼を思い出す。自分にはもちろんのこと、彼は鳥たちにも優しかった。

話しかける穏やかな声、そして、一心に見つめる美しい青い瞳に、ことさら魅《み》せられたものだ。

こうして改めて見ると、歳《とし》を重ねたことで外見こそ変貌を遂げているけれど、あのころ強く惹《ひ》かれた優しさはまったく変わっていない。

（素敵だなぁ……）

陽光を受けてキラキラと輝く金色の髪、透き通るような白い肌、ハニーに向ける微笑みのすべてにため息がもれる。

子供のころから王子様のように格好よかったけれど、大人になった彼は驚くほど魅力が増していることに、いまさらながらに気づいた。

「用意できた？」

ハニーを肩に載せたファビアンが窓枠から腰を上げ、見惚《みと》れていた和泉は慌てて取り繕った笑みを浮かべる。

「は、はい……」

ワゴンを扉近くまで運び、彼のために椅子を引き出す。

目を合わせるのが恥ずかしかったから、あくまでも使用人に徹した。

「どうぞ」

「ありがとう」

ハニーを鳥籠に戻してテーブルに歩み寄ってきて、静かに椅子に腰かける。

「さあ、食べよう」

「失礼します」

向かい合わせで座ることに躊躇いがあったけれど、逃げ出すこともできずに椅子を引き出して腰かけた。

さっそくスコーンを取り上げたファビアンが、たっぷりのバターを載せて口に運ぶ。

彼は二人きりでいることに満足しているのだろうか。黙っていられると、気まずくてしかたない。

けれど、昨夜のことに触れられても困る。なにか楽しくなるような話題はないだろうかと、ジャムを塗ったスコーンを齧《かじ》りながら考えを巡らせた。

〈ピュールル〉

ハニーの鳴き声に、すっかり忘れていたことを思い出す。

「あの……ハニーは僕がファビアンにあげたあのモモイロインコですよね？」

「いや、あの子は違うんだ」

ナプキンで口元を拭《ぬぐ》って短く答えたファビアンが、ハニーに視線を移す。

ハニーの年齢からして、自分がプレゼントしたモモイロインコだと信じて疑わなかったから、和泉は彼の答えに甚《はなは》だ驚いた。

「和泉が僕にくれたモモイロインコ……その子もハニーという名前だったが、まだ小さかったからロンドンまでのフライトに堪《た》えられなくてね」

「そうでしたか……」

異国で生きることが叶《かな》わなかったのだと知り、可哀想《かわいそう》なことをしたと悔やむ。

彼にプレゼントしたモモイロインコは、一歳に満たない子供だった。

モモイロインコの成鳥は、体長が三十から四十センチくらいで、体重は大きくて四百グラムほどあり、かなり体軀がしっかりしているが、幼鳥にはフライトに堪える体力がなかったのだろう。

「和泉は急にいなくなってしまうし、ハニーまで失ってしまったから、もう本当に悲しくてしばらく塞ぎ込んでしまったんだよ」

和泉は言葉もなくファビアンを見つめる。

自分のせいで、彼に二重の悲しみを味わわせてしまった。

しかたがなかったこととはいえ、そのときの彼の気持ちを思うと胸が痛んだ。

「それで、私を見かねた父が、同じモモイロインコを買ってくれたんだ」

「お父さまが？」

父親が新たな鳥を買い与えるくらいだから、ファビアンはかなりの深刻な状態だったのかもしれない。

「それも、ハニーによく似た子を探してきてくれたから、私は同じ名前をつけることにしたんだよ」

「最初のハニーとよく似ているんですか？」

「和泉はもう覚えていないだろうけど、まるで生まれ変わりのようにそっくりでね、ハニーを見ては君を思い出していた」

ハニーを見つめていた彼が視線を正面に戻し、満面の笑みを浮かべる。

「私にとって和泉とハニーは、かけがえのない存在なんだ」

「デイビィ……」

二度と会えないかもしれないのに、ファビアンはこんなにも大切に思ってくれていた。いつまでも忘れられずにいるのは、女々《めめ》しいという輩《やから》もいるだろう。けれど、和泉は素直に嬉しいと感じた。

彼はハニーを通して自分を見てくれていたのだ。こうして再会できたのも、彼の強い愛があってこそのように思えてならなかった。

ファビアンが過ごしてきたこの十年余りを知るほどに、子供のころと同じ思いが沸々と湧き上がってくる。

恋愛と無縁の生活を送ってきたのは、それどころではなかったからだ。でも、好きだなと思う人も現れなかった。

思い出を封印したつもりでいても、心の片隅にはいつもファビアンがいたのだろうか。

昨夜の自分が最後の最後まで抵抗しなかったのも、自覚のないままに彼に抱かれる喜びを感じていたからだろうか。

「和泉がいてハニーがいる……なんだか新婚生活が始まったみたいだ」

顔を綻ばせたファビアンが、美味そうにオムレツを頬張る。

（新婚生活……）

そのひと言に呆れるどころか、嬉しくなってしまうのはなぜだろう。

この生活がこれからもずっと続いたら、どんなに楽しいことか。そんなことまで考えてしまう。

「こんな幸せな朝は初めてだよ」

真っ直ぐに見つめてくるファビアンの顔は、これまで目にしたことがないほど喜びに溢《あふ》れていた。

そんな彼を見ているだけで、幸せが込み上げてくる。心が満たされた気分になるのは、本当に久しぶりのことだった。

「僕がいつまでも気づかなかったら、どうするつもりでいたんですか？」

ハニーがいろいろ喋ってくれなかったら、思い出さなかった可能性がある。

昨夜の彼の言葉を思い出せば、そう長くは辛抱できないような気がした。

「私のことをすっかり忘れてしまっている君に腹を立てたから、最初は絶対に自分から言わないつもりでいたけど、そろそろ限界だったかな」

「どうして……」

理由を訊ねようとしたところで扉がノックされ、口を噤《つぐ》んで振り返る。

『ファビアン、ちょっといいか』

勝手に扉を開けたアンソニーが、和泉を目にして眉根を寄せた。

白いシャツに黒いスラックスといったラフな格好の彼が、険しい表情のままテーブルに歩み寄ってくる。

『イズミ、そこでなにをしているんだ？』

主人と同じテーブルに着いていることが気に入らないのだと気づいた和泉が、ナプキンをテーブルに戻して席を立とうとすると、ファビアンが片手で制してきた。

『まだ手を出していないって言ったよな？　それなのに寝室で朝食とか、さすがに無理がないか？』

アンソニーのからかうような口調に、ファビアンがにんまりとする。

嫌な予感がしながらも、口を出せる立場にない和泉は黙って見守った。

『あの言葉は訂正する』

『うん？』

『イズミは私のものだ。昨夜、私たちは結ばれた』

ファビアンの唐突な告白に、アンソニーはポカンと口を開け、和泉は穴があったら入りたい気分で項垂《うなだ》れる。

(なんでアンソニーさんに言っちゃったんだろう……)

友人であり、共同経営者でもある彼には、隠し事をしたくないのだとしても、他に言い方があるような気がしてならない。

昨夜、セックスしましたなんて得意げに言われても、当事者としては恥ずかしいだけだ。

『で、なんの用だ?』

『えっ? ああ……俺、朝食を食べたいんだよ』

『それは悪かった。イズミ、彼を案内してやってくれないか』

ファビアンから命じられ、和泉は軽くうなずいて席を立つ。

昨日はファビアンと連れだって夕方から外出してしまったから、アンソニーはまだ屋敷で食事をしていない。

他人の屋敷を勝手に探し回るわけにもいかず、ファビアンの部屋を訪ねてきたのだろう。

『ダイニング・ルームへご案内いたします』

一礼して先に立った和泉に続き、アンソニーがおとなしく寝室をあとにする。

『イズミはファビアンと結婚するつもりなのか?』

後ろから訊ねてきたアンソニーの声は訝しげで、ファビアンとの結婚に賛同しかねているように感じられた。

『いえ、その予定はありません』

男同士で結婚できるわけがないから否定したのだが、女性と勘違いしているアンソニーには通じなかった。

『しないの?』

『しないのではなく、こんな格好をしていますが、れっきとした男なので』

足を止めて振り向いた和泉は、苦笑いを浮かべて肩をすくめる。

『男だって？　イズミが？』

驚きの声をあげたアンソニーが、しげしげと眺めてきた。

しばらくしても信じられない顔のままだったから、どうすれば納得してもらえるだろうかと考える。

裸になるのが間違いないが、それは無理だ。胸を触らせる手もあるが、そこまでしたくない思いがある。

『ここを見てください』

和泉は頭を後ろに倒し、喉元《のどもと》を露わにした。

喉仏はとくに大きいほうではないけれど、首が細いから目立つのだ。

『わかりますよね？』

自らの指先で喉仏を示すと、アンソニーがおおげさにため息をもらした。

『へぇ……本当に男だったのかぁ……でも、なんでメイドの格好を？』

『メイドとして雇われたので、これを着るようにと言われて』

『ファビアンも悪趣味だな』

彼が呆れたように笑いながら、和泉の顔を覗き込んでくる。

まだなにか気になっているのだろうかと思いつつ、上目遣いで彼を見返す。

『女の子にしか見えないけど、男なら安心だ』

『どういうことですか?』

ファビアンの思い人が男と知って、彼が安堵する理由がわからない。

女性より反対してもよさそうなものだ。

『いくらなんでも男と結婚したいと言い出すほどファビアンも馬鹿じゃない。名家の娘と結婚して、君を愛人にするつもりだろう』

『愛人……?』

『愛人がいながら、血筋のいい娘を娶《めと》って子供を産ませる貴族は少なくないし、愛人が男ってこともままある』

アンソニーはよくあることでとくに問題はないと言いたげだったが、和泉は予期せぬ言葉に動揺した。

(誰かと結婚するなんて……)

ファビアンは由緒正しい侯爵家の当主であり、貴族として代々、受け継がれてきた血筋を守っていかなければならない。

長い時を経て再会したファビアンに、再び心が惹かれ始めたところだっただけに、ショックは大きかった。

『ファビアンと付き合い始めたばかりで、貴族のことを詳しく聞かされていなかったのかもしれないけど、結婚をして子供を作るのは貴族の義務だからしかたない』

慰めにもならない言葉を口にしたアンソニーが、案内を続けるよう片手で促してくる。

唇を噛みしめたまま一礼して向き直った和泉は、前を見つめてダイニング・ルームへと足を進めた。

十年以上も思い続けてくれていたファビアンが、自分を愛人にするつもりでいるとは、とうてい思えない。

けれど、爵位を継いで侯爵となった彼が、跡継ぎのことに無関心であるはずがない。

先ほど食事をしながら幸せ一杯の顔をしていたファビアンは、いったいどうするつもりでいるのだろうか。

（あっ、そうか……いつかロンドンに帰っちゃうんだ……）

彼がいずれ帰国するということを、いまさらながらに思い出す。

いまは仕事で日本に滞在しているだけで、彼の本拠地はロンドンだ。

また会えなくなってしまうのだと思ったら、たまらなく寂しくなった。

（デイビィ……）

これ以上、ファビアンを好きになったら、きっと辛くなる。

いまなら、まだ引き返すことができそうだ。

彼が滞在しているあいだだけ、楽しく過ごせたらそれでいい。

守るべきものが遠い異国にある彼にとって、自分は邪魔者でしかないのだから。

『こちらがダイニング・ルームになります』

『ああ、ここか……』

『シェフに料理を頼んできますので、席に着いてお待ちください』

『ありがとう』

扉を開けてダイニング・ルームの中へとアンソニーを促し、急ぎ足で調理場に向かう和泉は、込み上げてくる寂しさと悲しさを必死に堪えていた。

# 第六章

屋敷に三泊したアンソニーが帰国し、和泉はゲスト・ルームの片付けをしている。

車で羽田までアンソニーを送っていったファビアンは、間もなく戻ってくる予定だ。

「あとは掃除機をかけて……」

シーツやカバー類を纏めて洗濯機に放り込み、掃除機を持って二階に上がってきた。

アンソニーは騒がしい男ではなかったけれど、やはり客人がいるのといないのとでは大違いのようだ。

彼がいなくなったとたん屋敷が静寂を取り戻し、気分的にも平穏になったような気がしていた。

「ただいま」

掃除機掛けに夢中になっていた和泉は、背後からポンと肩を叩かれ、心臓が止まりそうになるほど驚く。

「うわっ！」

「ごめん、驚かすつもりはなかったんだ」

「いえ、あの……掃除機の音で気づかなかったから……」

掃除機のスイッチを切り、激しく脈打つ胸を片手で押さえつつ、苦笑いを浮かべているファビアンを見上げる。

「ようやく二人になれた」

目元を和らげた彼が、そっと頬に触れてきた。

自分だけを映す青い瞳に、吸い込まれそうになる。

これ以上、好きになったら辛くなるのが目に見えているのに、日を追うごとにファビアンに強く惹かれていく。

いっときも逸れることがない瞳、優しい笑顔、甘やかに響く声のすべてを独り占めしたくなっているのだ。

「和泉……」

ひとしきり見つめてきた彼に抱きしめられ、唇を奪われる。

「んっ……」

このときを待ち兼ねたような熱烈で濃厚なキスに、胸の奥深いところがズクンと疼く。

脱力した手から掃除機のハンドルが離れ、音を立てて床に落ちる。

大胆にもアンソニーに自分たちの関係を暴露しておきながらも、彼の滞在中、ファビアンは節度を持って接してくれていた。

キスを交わすのは一昨々日《さきおととい》の朝以来であり、彼が夢中になるのもわかる。そして、いけないと思いながらも、和泉もまた久しぶりに重ねられた唇に溺れていく。

「ふ……っ……」

搦め捕られた舌をきつく吸われた瞬間、和泉はファビアンの唇から逃れて飛び退《の》いた。

あろうことか、股間が熱を帯び始めたのだ。キスしかしていないのに反応した己に驚く。

ふんわりとしたスカートに下肢が覆われているから救われたが、普通にスラックスを穿いていたら彼に気づかれていただろう。

「和泉？」

あからさまな拒絶を訝った彼が、眉根を寄せて見つめてくる。

「そ……掃除の途中なので……」

上気した顔を見られたくない思いから、俯《うつむ》き加減で答えて掃除機のハンドルを拾い上げ、すぐさまスイッチを入れた。

「邪魔をして悪かったね、続けて」

おとなしく引き下がったファビアンが、ベッドの端に腰かけて脚を組む。

どうやら掃除が終わるまで見物を決め込んだようだ。

視線が気になってしかたないけれど、主人に向かって部屋を出て行けとは言えない。

気にしてないふうを装い、丁寧に掃除機を掛けていく。

ベッドの周りも掃除したいのだが、彼が座っているから迷ってしまう。それでも、遠慮していたらいつまで経っても終わらないと思い直す。

掃除機のヘッドをベッドに向けて滑らせると、両手を後ろについたファビアンが大仰に足先を高く持ち上げた。

どうあっても部屋を出て行くつもりはないらしい。しかたがないから、手早く彼の足元に掃除機をかけ、ベッドに沿いながら向こう側へと移動していく。

「お仕事をしなくていいんですか？」

ずっと黙っているのが気まずくなって声をかけると、床に足を下ろしたファビアンが振り返ってきた。

「今日の仕事は終わりだ」

「でしたら居間でお休みになってはいかがですか？」

「邪魔者扱いをするのか？」

彼が不機嫌そうに片眉を引き上げる。

「そういうわけでは……」

思いを読み取られたばつの悪さに、和泉は神妙な面持《おもも》ちで彼を見返す。

「和泉は可愛いな」

なぜか笑ってベッドに上がった彼が、和泉の腕を摑んでくる。

「なっ……」

そのまま腕を引っ張られ、掃除機のヘッドを摑んだままベッドに倒れ込んだ。

慌てて起き上がろうとしたけれど、馬乗りになられて動けなくなる。

「もう掃除もすんだのだろう？」

勝手に掃除機のスイッチを切ったファビアンを、和泉は困惑の面持ちで見上げた。

青い瞳がやけに熱っぽいのは、それだけ気持ちが高揚しているからだろう。

アンソニーがいるあいだは我慢していたけれど、もうその必要もないと思っているに違いない。

「和泉、愛してる」

甘く囁いて身体を重ねてきた彼の口を、和泉は咄嗟に片手で塞いだ。

キスをされたら、せっかく熱が引いた己がまた反応してしまう。

「さっきシーツを替えたばかりなんですよ」

ファビアンに咎《とが》める視線を向け、暗にベッドから下りるよう促した。

「また替えればいいだろう？　それとも、面倒だと？」

宝石のように美しい瞳で見つめられ、なぜか抱きしめたい衝動に駆られた和泉は、そんな自分に驚いて視線を逸らす。

悲しい思いをするだけだとわかっているのに、彼を求める気持ちを抑えられない。潔く諦めるのが自分のためだといくら言い聞かせても、身と心が彼を欲してしまう。

「仕事が増えることに不満を持つようなメイドにはお仕置きが必要だな」

あきらかな勘違いを正したかったけれど、いきなり彼がベッドを飛び降りたことに驚き、息を呑んで見上げた。

「私がすることに文句を言ってはいけない、いいな？」

わざとらしく厳しい口調で言い放ったファビアンが、ベッドに仰向けになっている和泉をひっくり返してくる。

「なっ……」

いきなり俯《うつぶ》せにされ、さらには長いスカートを勢いよく捲り上げられ、慌てて起き上がろうとしたけれど、その前に下着を下ろされてしまう。

下肢を剝き出しにされるだけでも恥ずかしいのに、スカートを捲られるという特殊な状況のせいか、想像を絶する恥ずかしさに身体中が赤くなった。

「イギリスでは尻叩きが一般的なお仕置きだ」

剝き出しにした尻をペチペチと叩かれ、恐怖に身が竦んだ和泉は恐る恐る振り返る。

「デイビィ……」

本気でお仕置きをするつもりなのだろうか。

いつもの優しさが感じられない声音に、恐怖が募っていく。

勘違いからお仕置きされたのではたまらない。

すぐにでも仕事に対する不満などないと言いたいのに、唇が震えて言葉にならなかった。

「だが、可愛い和泉の尻を叩くのは忍びない」

ファビアンが両手で尻を鷲掴《わしづか》みにしてくる。

柔らかな尻に食い込んでくる指先に恐怖を煽られた和泉は、必死で逃れようと足掻《あが》くが彼の手から逃れることはできなかった。

「さあ、お仕置きを始めるぞ」

耳に届いてきたのは、いつになく楽しげな声。

「うわっ……」

勢いよく腰を持ち上げられ、否応なく四つん這いにされた。

剝き出しの尻を彼に突き出す格好となり、ただならない羞恥に襲われる。

尻叩きは止めたようだが、なにをするつもりでいるのかわからないから怖い。

「デイビ……ッ……」

尻を広げてきたファビアンに秘孔をペロリと舐められ、一瞬にして身体が硬直する。

そんなところを舐めるなんて信じられない。いったい彼はなにを考えているのだ。激しく混乱した。

「ひゃぁ……」

舌先で秘孔を突かれ、尻を振って逃げ惑う。

「やめて、お願い……」

必死の懇願も聞き入れてもらえない。

尻に顔を埋めている彼は、きつい窄まりを解すかのように、執拗に舐めてくる。

「んんっ……」

嫌だと思っているのに、秘孔を舐める舌を心地よく感じ始めて慌てた。

舐められ、突かれるうちに、いつしか強ばりも解け、湧き上がる快感に抗うことすら忘れて尻を揺らめかす。

「はうっ！」

唾液に濡れた秘孔に指を突き立てられ、瞬間、駆け抜けた痛みにベッドに突っ伏していた顔を跳ね上げる。

「やっ……」

間を置くことなく指での抽挿が始まり、柔襞を擦られるもどかしさに尻がわななき、恐怖が失せていく。

スカートを大胆に捲られ、四つん這いで尻が剝き出しというとんでもない格好で、秘孔に指を突き立てられているのに、感じてしまう自分を情けなく思う余裕すらない。

「あっ……ああっ……」

双玉を収めた袋を柔々と揉まれ、さらにはあさましくもすっかり勃ち上がっている己の裏筋を指先で擦られ、ベッドについている膝がガクガクと震え出す。

尻が落ちそうになるけれど、秘孔に突き立てられている指で阻止され、あちらこちらから湧き上がってくる快感に、和泉はただただあられもない声をあげ続ける。

「くふっ……ああっ、んんん……」

「お仕置きをされてよがるなど、和泉は悪い子だ」

ファビアンが言葉で辱《はずかし》めながら、挿入した指先で快感の源を探り始めた。

「やぁ――――っ」

強烈な快感が下腹の奥で炸裂し、ベッドカバーを握り締めて叫んだ和泉のこめかみから、ポタポタと汗が滴《したた》り落ちる。

「やっ……あああぁ……」

何度も同じ場所を刺激され、震えが止まらない。

腰が砕け落ちそうなのに、無理に浮かせていなければならないのが辛い。

いまにも弾《はじ》けそうな己は、痛いほどに硬く張り詰めている。

このまま吐精させてもらえなかったら、きっとおかしくなってしまう。

「デイビィ……もっ……許して……」

達したい一心の和泉は、紅潮して汗に濡れた顔でファビアンを振り返る。

「いつも私の言うことを聞くいい子でいると約束するか？」

和泉次第だと言いたげに、熱い眼差しを向けてきた。

「します……だから早く……」

一刻の猶予を争う状況にあり、彼を見つめたまま何度もうなずく。

「心がこもっていないように聞こえるが？」

意地悪そうな笑みを浮かべた彼が、ドクドクと熱く脈打っている和泉自身のくびれを指先でなぞり、鈴口をツイッと撫でてきた。

「ひっ……ひゃあ、あぁぁ……」

達せそうで達せない苦しさに、無我夢中で腰を前後に揺らす和泉は、無意識に己に手を伸ばす。

「自分でしようとするなんて悪い子だ」

すかさず手を叩き落とされ、つい恨みがましい視線を向けてしまう。

「いい子にできないなら、しばらくこのままにしておくかな」

恐ろしいことを口にしたファビアンが、意地悪く指先で快感の源を刺激してくる。

「あひっ……ひゃ……ふ」

喘《あえ》ぎとも悲鳴ともつかない声をあげながら、無闇やたらに腰を揺らす。

吐精できないのが、こんなにも辛いとは知らなかった。

どうしたら彼は許してくれるのだろう。考えたいのに、苦しくて思考もままならない。

「こんなに濡らして、辛いのではないか?」

蜜が溢れる鈴口を撫で回され、我慢の限界を超えた和泉は彼の手を摑む。

「お願い……もっ……無理……出させて……」

恥を忍んで涙ながらに訴えると、いまにも弾けそうな己を彼がそっと握ってきた。

「おねだりばかり上手で困ったものだ」

そんなことを言いながらも、どこか嬉しげに笑ったファビアンが秘孔から指を抜き出し、和泉を仰向けにしてベッドに上がってくる。

天を仰いでいる己が、もどかしげに揺れ動きながら蜜を滴らせ、柔らかな茂みを濡らしていく。

「好きなときにイッていいよ」

いつものように優しく言った彼が、和泉の下腹に顔を埋めてくる。

「あふっ……」

生温かい口内にすっぽりと含まれ、ようやく達せる安堵に甘い吐息がもれた。

けれど、それもいっときのこと。

「うっ……ふ、あぁ……」

つけ根近くまで咥え込んだファビアンが頭をゆっくりと上下させ始め、己から溢れかえった快感に全身がわななく。

「あっ、出る……」

下腹の奥で渦巻いていた熱が一瞬にして弾け、和泉は呆気《あっけ》なく果てた。

「うっ……」

短い極まりに声とともに、精を迸らせる。

待ち焦がれた吐精はこれまでになく気持ちよく、うっとりと目を閉じて脱力した四肢を投げ出す。

「休ませてあげたいところだが、もう少し頑張ってもらうよ」

余韻に浸る間もなく俯せにされ、またしても四つん這いにされる。

抗うだけの余力もない和泉は、ファビアンの為すがままだ。

「さあ、もう一度、楽しもう」

陽気に言った彼が、怒張の先を秘孔にあてがってくるなり腰を突き上げてきた。

「あうっ」

唐突な挿入に、項垂れていた和泉の頭が跳ね上がる。

三つ揃いのスーツを着ていたはずなのに、いつの間に準備をしたのだろうかと、あまりの早さに呆れた。

けれど、そんなことを考える余裕もすぐになくなる。さっそく腰を使い始めたファビアンが、達したばかりの和泉自身を手に収め、ゆるゆると扱き始めたのだ。

「んっ……あふっ」

強すぎる刺激は辛いだけと同性の彼は理解しているのか、まるで労《いたわ》るような優しさで己に触れてくる。

最奥を突き上げられ、己を柔らかに揉みし抱かれる和泉は、新たに生まれた快感に酔いしれていく。

「和泉……」

貫いたまま身体を重ねてきたファビアンが、和泉を抱きしめたまま横向きになる。

「んっ……」

不意に動かれて息苦しくなった和泉が小さく呻《うめ》くと、彼が気遣うように肩ごしに頬を擦り寄せてきた。

「デイビィ……」

貫かれていながら、安堵感を覚える。

意地悪をされて一瞬、嫌いになりそうになったけれど、ささやかな優しさに触れたら、そんなことはすぐに忘れた。

「和泉……二度と私の前から消えたりしないでくれ……君がいない人生など考えられない」

ファビアンのせつなる思いに、和泉の心が揺れ動く。

侯爵の彼とはずっと一緒にいられない。どうしてそんなふうに言うのだろう。

いっときの戯言《ざれごと》とは思えないから、不思議でならなかった。

「デイビィ……」

悩んでいないで本人に訊こうと思ったのに、腰を使い始めたと同時に己を扱かれ、言葉を紡げなくなる。

「あっ……んんっ、んん」

激しい抽挿と、己に与えられる緩やかな刺激。双方から湧き上がってくる快感に、再び翻弄されていく。

「ああ……和泉……たまらない……」

吐息混じりの声に耳をくすぐられ、小さく身震いした。

「ふ……っ」

あらゆる場所で感じている。

突き上げられる最奥も、手早く扱かれる己も、触れ合う肌も、蕩けてしまいそうなほどに熱い。

「デイビィ……デイビィ……」

下腹の奥から迫《せ》り上がってきた二度目に射精感に、達することしか考えられなくなった和泉は、知らぬ間に自らファビアンの動きに合わせ腰を揺らしていた。

＊＊＊＊＊

夕食の時間になり、和泉はいつものようにメイド服姿のまま、ファビアンと二人でダイニング・ルームのテーブルに着いている。

ゲスト・ルームのベッドで戯《たわむ》れ合ってから、まだいくらも経っていないだけに、なんとなく気まずい。それに、訊き損ねてしまった今後のことについても気になっていた。

「どうした？　冷めてしまうよ」

色鮮やかなカボチャのポタージュを飲んでいたファビアンが、手を止めて和泉を見つめてくる。

「あの……」

「うん？」

テーブルに置かれたスプーンに手をかけたまま躊躇いがちに声をもらすと、彼は柔らかに微笑んで小首を傾げた。

「こちらに滞在するのは、最低でも一年って言ってましたよね？」

「ああ、いまのところ一年で帰国できそうだ」

「そうですか……」

迷いのない回答に、思わず意気消沈する。

帰国が決定的なものであるならば、ファビアンのそばにいることはできない。

それなのに、どうして彼はあんなことを言ったのだろうか。消えたりするもなにも、離れていくのは彼のほうなのに。

「和泉とは一年の契約をしているが、私は延長を考えているんだ」

完全に食事の手を休めたファビアンが、真剣な面持ちを向けてくる。

「延長？　帰国するんですよね？」

解せない言葉に表情も険しく見返すと、彼が微笑みを浮かべてうなずいた。

「そうだよ、だからロンドンに一緒に来てほしい」

「ロンドンに？」

「和泉と生涯契約をしたいんだ」

「えっ？」

またしても首を傾げる言葉を口にされ、わけがわからなくなる。

メイドとしてロンドンの屋敷で働いてほしいということだろうか。

侯爵家のために結婚をしなければならない彼は、メイドという名目で和泉を屋敷に住まわせ、結婚後も密会を重ねるつもりでいるのだろうか。

それでは、まさに愛人だ。ファビアンと離れがたい思いはあるけれど、そこまでして彼と一緒にいることには躊躇いを覚える。

「私と結婚する約束をしたのを忘れたのかな？」

「結婚なんて、そんなことできるわけないじゃない」

とんでもないことを言い出され、思わず声を荒らげてしまった。

同性婚を認める国が増えてきたのは確かだ。けれど、ファビアンの結婚相手は女性でなければならない。

それを本人が知らないわけがなく、いったいなにを言っているのかと疑念が湧いてくる。

「なぜだい？」

「だって、デイビィは侯爵なんだから、女性と結婚して跡継ぎを作らないといけないでしょう？」

メイド服を着て仕事をしているあいだは、丁寧な言葉遣いを心がけてきたけれど、混乱している和泉はそれどころではなくなっていた。

「私は爵位返上を考えているんだ」

「爵位返上？」

「そう、私の代でウッドヴィル侯爵家を終わりにするということだ」

「どうして？　侯爵家は何代も続いてきたんでしょう？」

彼は驚くような言葉ばかりを口にする。

貴族制度についてよく知らないとはいえ、イギリス人にとって特別な存在であることくらいは理解していた。

何百年と受け継がれてきた爵位もあるはずだ。そう簡単に貴族を辞めたいと言えるものなのだろうか。そもそも貴族が一般人になりたいと考えることに疑問を抱く。

「兄が急逝したことで爵位を継いだが、私は貴族であることにあまりこだわりがないんだ」

「だからって……」

きっぱりと言われたところで、納得がいかない。

次男として生まれたファビアンは爵位を継ぐ立場になかったから、早くに自立することを考え、事業を起こして成功させた。

だから、爵位に執着がないのかもしれないが、現実として彼はウッドヴィル侯爵家の当主であり、その責務をまっとうすべきだと感じる。

「私は古い制度にしばられたくない。和泉と生涯をともにしたいんだ」

「デイビィ……」

「ウッドヴィル侯爵家を存続させるために、女性と形式的な結婚をしたり養子を迎えたりするのは間違っている。そんなことをしても、誰も幸せになれない」

真っ直ぐに向けられる真摯《しんし》な青い瞳を、和泉は唇を噛みしめて見つめる。

ファビアンは自分に正直なのだ。ウッドヴィル侯爵家のために、偽りの人生を送るのが堪えがたいのだろう。

そんな彼をこれまで以上に好ましく思うし、彼の気持ちは尊重したい。けれど、本当にそれでいいのだろうかといった迷いは消えなかった。

「完璧な貴族社会だった十九世紀ならいざ知らず、現代において貴族でいることに価値は見いだせない。私は愛する和泉とともに、なににも煩わされることなく生きたいんだ。一緒にロンドンに来てくれるね？」

「僕は……」

思いの丈をぶちまけてきたファビアンを、和泉は迷いも露わに見返す。

愛する人と添い遂げたいと思うのは自然なことだ。それができたら、これほど幸せなことはない。

彼が好きだから、手を伸ばせば届く所にある幸せを、いますぐ摑みたい。それでも躊躇いが残るのは、自分と出会わなければ彼も爵位返上を考えなかったかもしれないと、そう思ってしまうからだ。

「結婚するのがいやなら、無理にとは言わない。私の望みはただひとつ、和泉と生涯をともにすることだからね」

愛おしげに見つめてくる彼は、考えを変えるつもりはないようだ。

唯一の望みを叶えるためならば、本気で爵位を返上するだろう。

日本を離れ、異国で暮らすことは厭《いと》わない。言葉には困らないし、大きな愛で包んでくれるファビアンとなら、幸せに暮らしていけると確信している。

「僕は……」

どうしても言葉に詰まってしまう。

一緒にロンドンに行きたいと、どうしても言えない。

「いきなりすぎたかな？　帰国まで一年あるのだから、答えは急がないよ」

猶予を与えてくれたことに感謝するとともに、返事を待たせてしまう申し訳なさが募ってきた。

「ごめんなさい……」

「謝らなくていいよ、自分の人生はそう簡単に決められるものじゃないからね。さあ、冷めないうちに食べよう」

「はい」

いつもと変わらない笑顔を向けられ、素直にうなずき返した和泉はいったん迷いを胸の奥にしまい込み、ようやく食事を始めていた。

# 第七章

ファビアンの屋敷で働き始めて、早くも一ヶ月が過ぎた。

答えを急がないと言ってくれた彼は、これまでと変わりなく接してくれているが、心が決まらない和泉は日々、悶々と過ごしている。

いつものように中庭で洗濯物を干し終えて籠を戻しに行った和泉は、ふと思い立って書斎に足を向けた。

今日はファビアンが朝食後に外出してしまい、ひとりぼっちのハニーが気になったのだ。

「ハニー、おはよう」

書斎に入った和泉が声をかけつつ鳥籠に歩み寄って行くと、ハニーが嬉しそうに羽をパタパタとさせた。

「少し遊ぼうか」

鳥籠から出したハニーを腕に止まらせ、陽当たりのいいサンルームに出て行く。

そこでは自由に飛べるとわかっているのか、すぐに羽ばたいて腕から飛び立ち頭上を旋回し始めた。

可愛らしい桃色の大きなインコが飛ぶ姿は、見ていて飽きない。ファビアンはハニーを溺愛しているけれど、その気持ちは容易に理解できる。本当に可愛いのだ。ファビアンが帰国するまで一年近くあるとはいえ、悩むばかりでいっこうに答えがでないから焦っている。

日を追うごとに彼を好きになっていく。触れ合わせる肌は心地よく、ずっと逞《たくま》しい腕に抱かれていたいと思ってしまう。

彼と一緒にロンドンに行きたい。その気持ちは強まるいっぽうなのに、どうしてもウッドヴィル侯爵家の未来が気になってしまうのだ。

ひとりでいるときはもちろん、ファビアンといてもつい考えてしまう。無心でいられるのは、ハニーの相手をしているときだけだった。

「ハニー、ここにおいで」

椅子に腰かけた和泉が、テーブルを指先でコンコンと叩くと、すぐにハニーが舞い降りてきた。

〈ピュルル〉

黒いつぶらな瞳でこちらを見つめながら、しきりに首を傾げる。

その仕草がなんとも愛らしく、頬のあたりを掻いてやると、嬉しそうに目を細めた。

「デイビィがいないと寂しい？」

ハニーに話しかけながら、存分に頬を掻いてやる。

ファビアンがハニーに話しかけるのを禁じたのは、和泉のことをよく喋るからで、それをデイビィと気づくまで聞かれたくなかったらしい。

和泉が思い出したことでハニーとの会話も解禁になり、今では世話をしながら好きなだけ話しかけている。

〈デイビィ、デイビィ……〉

唐突に喋り始めたハニーを、和泉はオヤッと首を傾げて見つめる。

英語を真似たように聞こえたのだ。

『デイビィのこと好きなの？』

なにか話すかもしれないと思い、試しに英語で話しかけてみた。

〈デイビィ……ナカナイデ、デイビィ……〉

思ったとおりハニーは英語で喋り始めたが、泣かないでと言ったのが気にかかる。

ファビアンの言葉を真似たのではなく、他の誰かが言ったのだろうか。

〈ミンナイナクッテ、サミシー……ヒトリボッチ、サミシー……デイビィ、ナカナイデ〉

『みんなって？　誰がひとりぼっちなの？　ハニー、教えて』

和泉はすかさず話しかけたけれど、ハニーはそれきり喋ることなく、陽の当たるテーブルでうとうとし始めた。

「誰のことだろう……」

インコやオウムの類《たぐ》いは言葉を真似て喋るだけであり、質問に答えてくれるわけがないのだから、答えが得られるわけがない。

それでも、ファビアンのことを喋ったのだろうと思うから、あれこれ考えてしまう。

「そういえば……」

彼の父親と兄はすでに亡くなっていることは知っているが、他の家族について聞いたことがない。

爵位を返上すると言い出したくらいだから、二人兄弟だったのだろう。母親が話題にならないのは、やはり亡くなっているからだろうか。

「もしかして……」

ファビアンも自分と同じで、ひとりぼっちなのかもしれない。

寂しさを訴えるファビアンを、誰か近しい人が慰めているのを聞いて、ハニーが真似をしたとも考えられた。

「そうだ」

高野辺なら知っているはずだと思い、椅子から立ち上がった和泉は、テーブルでうとうとしているハニーを抱きかかえて書斎に戻る。

昼食の用意を始めるにはまだ早い時間だから、少しくらいなら高野辺も相手をしてくれそうだ。

そっと鳥籠にハニーを入れて止まり木に摑まらせ、扉をきちんと閉めて調理場に向かう。

「高野辺さん、ちょっと訊きたいことがあるんですけど、今お話しできますか？」

調理場に入っていった和泉が声をかけると、調理台に広げた本に立ったまま目を向けていた高野辺が顔を上げた。

「訊きたいことって？」

「ファビアンのことなんですけど」

調理台に歩み寄り、彼と向かい合う。

「ファビアン？」

どうして急にと言いたげな顔をされたけれど、和泉は気がかりごとを素直に訊ねる。

「ええ、ファビアンのお母さまってご健在なんですか？」

「いや、ファビアンが十歳のときに亡くなったって聞いてる」

「弟さんとか妹さんは？」

「ファビアンは二人兄弟だけど、家族構成が知りたいのか？」

矢継ぎ早の質問を妙に感じたのか、高野辺が眉根を寄せて見返してきた。

確かに唐突すぎたかもしれない。それでも、ファビアンのことを知っている人は他にいないのだから正直に話すしかなかった。

「家族構成というか、今現在、ロンドンのお屋敷にファビアンのご家族はいらっしゃるのかなって……」

「一昨年《おととし》、祖母のメアリーが亡くなったから、今は誰もいないよ」

「お屋敷にひとりで暮らしてるってことですか？」

「ああ」

「そうでしたか……」

和泉は神妙な面持ちで、小さくため息をつく。

ロンドンの屋敷では大勢の使用人が住み込みで働いているのだから、正確にはファビアンひとりで暮らしているわけではない。

それでも、広大な屋敷に身内が誰もいないのは寂しいものだ。狭いアパートでひとり暮らしをする寂しさとは、比べものにならない気がする。

まったく考えもしなかったけれど、ファビアンも寂しさを抱えて生きてきたのだ。

肉親がいない寂しさは、どうやっても埋めることはできない。それでも、二人で寄り添って生きていけたら、これまで感じてきた寂しさはいくらか薄れるように思えた。

ファビアンのそばにいたい。その思いがこれまで以上に強まる。それなのに、決断を下せないから辛い。

「ファビアンに家族はいないから、誰の目も気にしないで三津坂君もロンドンの屋敷で暮らせるぞ」

「えっ？」

意味ありげな笑みを浮かべている高野辺を、目を瞠って見つめる。

「ファビアンとそういう仲なんだろう？」

「ど、どうして……」

にわかに冷や汗が出てきた。

「男の使用人にメイドの格好させたり、一緒に食事したりして、普通に考えたらおかしいだろ？」

「そ……そうですけど……」

反論の余地もなく、和泉は言葉を濁して唇を嚙む。

メイド服を身に着けているのも、一緒に食事をしているのも、ファビアンから命じられたからだ。

おかしいと感じながらも受け入れたのは、主人に逆らえる立場にないからであり、あのときの判断は間違っていなかったと思っている。

それに、ファビアンがデイビィであることに気づくまで日を要しているのだから、高野辺が関係を疑うようになったのは最近のことに違いない。

そうした思いに至るきっかけがあったのだろうか。ファビアンに対しては極力、使用人として接してきたつもりだから解せなかった。

「三津坂君は気づいてないんだろうけど、ファビアンとイチャコラしてるとこ、俺は何度も目にしてるんだぜ」

「イッ、イチャコラって……」

一瞬にして和泉の顔が真っ赤に染まる。

まさか高野辺に見られていたとは。いつ、どこで見られたのだろう。まったく彼の存在に気づかなかった。

どういった状況を目にしたのかわからないけれど、恥ずかしすぎていますぐこの場から去りたい気分だ。

「貴族にとって使用人なんて空気みたいなもんで、近くにいても気にしないし、使用人は見て見ぬ振りをするよう教育されているんだよ」

貴族の屋敷で働いている高野辺が言うのだから、作り話ではないのだろう。

改めて住む世界が違うことを実感してしまう。

二人だけだと思っていたのに、どこかで見られていたとわかれば恥ずかしくなるに決まっていた。

「他に訊きたいことある？」

「いえ、ありがとうございました」

知りたい情報をすでに得ている和泉は、礼を言ってそそくさと調理場をあとにする。

「もう……見られてたなんて……」

真っ赤になっている頬を両手で押さえながら、廊下を歩き出す。

ファビアンが使用人の存在を気にしないのは貴族だからしかたないにしても、男同士であることをどう考えているのかは気になるところだ。

「アンソニーさんにも平気でバラしちゃうくらいだから、デイビィはあんまり気にしてないのかなぁ……」

後ろめたいとか、恥ずかしいとか、そうした感情はどうしても湧いてくる。

けれど、ファビアンはいつも堂々としていた。

己の愛を貫くためには、爵位を捨ててもかまわないと考える彼は、信念を貫く強い心の持ち主なのだろう。

「デイビィとずっと一緒にいたいけど……」

離れがたい思いがあったとしても、生半可な気持ちでファビアンとロンドンに行くのは間違っている。

「答えなんて出せなさそう……」

いくら考えても、堂々巡りをするばかりだ。

どこかで決断しなければいけないとわかっている。

選択肢は二つしかない。ファビアンとロンドンに行くか、行かないかのどちらかだ。

二者択一を迫られるのは初めてではないけれど、こんなにも頭を痛めたことがない。

自分の選択によって、愛するファビアンの一生が変わってしまうのだから、簡単に答えなど出せないのだ。

「はーぁ……掃除しなくちゃ……」

考えることに疲れた和泉は掃除をして気を紛らわせようと、階段下の物置へと足を速めていた。

＊＊＊＊

すべての部屋を掃除し終えた和泉は、書斎の鳥籠にいるハニーの相手をしながら、ファビアンが帰宅するのを待っている。

夕食の時間までには戻ると言い残して出かけたのだが、陽が沈んであたりが真っ暗になっているのにまだ帰ってこない。

「もう七時になるのに、ご主人様はどうしちゃったんだろうね？　お腹空《なかす》いちゃったよ」

止まり木で羽繕いをしているハニーが、話しかけた和泉をつぶらな瞳で見つめてくる。

〈オナカスイタ、オナカスイタ……〉

ハニーがすぐに言葉を真似てきた。

賢いなと思ったところで、餌《えさ》をあげ忘れていたことに気づく。

「ごめんね、すぐごはんにするから……」

長いスカートを翻して鳥籠に背を向け、壁に設《しつら》えられた書棚に足を向けた。

書棚の下段に引き出しがあり、そこにハニーの餌が入っている。

主食はひまわりの種で、一日に二回、与えているのだが、いっこうに帰ってこないファビアンが気になり、失念してしまったのだ。

「ハニー、ごはんだよ」

ひまわりの種が入った缶を手に鳥籠に戻り、小さな扉を開けて陶器の器を取り出す。

待ち兼ねたかのように、ハニーが羽をパタパタさせる。

「遅くなってごめんね」

すっかり忘れていたことを反省し、ハニーに詫びつつひまわりの種を器に入れて鳥籠に戻すと、さっそく嘴で突き始めた。

「ちょっと待ってもらうように伝えないと……」

鳥籠の小さな扉を閉めた和泉は、書斎を出て調理場に向かう。

夕食の時間は七時と決まっているが、今夜は遅れてしまいそうだ。

時間に合わせて食事の用意をしている高野辺に、ファビアンの帰宅が遅くなるかもしれないと伝える必要があった。

「あっ……」

書斎から聞こえてきた電話の呼び出し音に、和泉はすぐさま踵を返す。

屋敷の電話は滅多に鳴らないけれど、対応するのはハウスキーパーの仕事だ。

「もしもし」

『こちら恵比寿にありますA病院ですが、ファビアン・ウッドヴィルさんのご自宅でよろしいでしょうか？』

「は、はい。そうです」

病院からのいきなりの電話に、胸がざわついた。

『ご家族の方でいらっしゃいますか？』

「ファビアンになにかあったんですか？」

『交通事故に遭われて、ただいま……』

「えっ……」

一瞬にして顔が青ざめ、気が遠くなりそうになる。

ファビアンが交通事故に遭ったと聞いては、居ても立ってもいられない。

「恵比寿のA病院ですね？　すぐそちらに行きます」

ただならない事態に忙しなく電話を切った和泉は、書斎を飛び出して行く。

「どうしてファビアンが……早く病院に……」

とにかく病院に急がなければと、スカートをたくし上げて玄関に走る。

ファビアンが心配でたまらない。不安で泣きそうだった。

「三津坂くーん、どこに行くんだ？」

調理場から出てきた高野辺から呼び止められ、ハタと足を止めた。

「あっ、あの……ファビアンが交通事故に……いま電話があって、それで病院に……」

「ファビアンが交通事故？」

血相を変えた高野辺が廊下を走ってくる。

「病院って、危険な状態なのか？」

「わからない……」

「わかった。俺が留守番してるから、三津坂君は病院に行って」

「はい、お願いします」

いまにも泣き出しそうなのを必死に堪え、頭を下げた和泉が玄関の扉に手をかけると、高野辺が後ろから腕を摑んできた。

「焦っているのはわかるけど、着替えないと」

「あっ……」

訝しげに振り返った和泉は、メイド服のまま外に出ようとしていたことに気づき、あたふたと自室に向かって廊下を走る。

勢いよく扉を開けて部屋に駆け込み、エナメルの靴を脱ぎながらスマートフォンをベッドに放り、頭のリボンを外してパッパとメイド服を脱いでいく。

背中のファスナーの扱いにはとうに慣れているから、あっという間に下着一枚になった。

クローゼットから取り出したチェック柄の長袖シャツを着て、デニムパンツを穿《は》き、スニーカーを突っかけ、財布とスマートフォンをポケットに突っ込んで部屋を出て行く。

「行ってきます」

「なにかあったらすぐに電話してくれ」

「はい」

玄関ホールで待ってくれていた高野辺と短く言葉を交わし、屋敷を飛び出して行った和泉は、タクシーが拾い易《やす》い通りへと向かう。

運よく空車が走ってきた。タクシーが向かっているのは恵比寿とは逆だが、かまうことなく片手を挙げる。

「すみません、恵比寿のA病院に急いでください」

行き先を告げながらタクシーに乗り込み、トンとシートに背を預けた。

入院を必要とするような怪我《けが》をしていたらどうしよう。

「ちゃんと聞けばよかった……」

交通事故と言われた驚きが大きすぎ、詳細を聞かずに電話を切ってしまったことが悔やまれてならない。

「元気なら……」

ファビアン自ら電話をしてこなかったのは、それだけ重傷だからではないだろうか。

まったく状況が把握できていないから、最悪の事態まで想像してしまう。

「デイビィ……」

またひとりぼっちになってしまうかもしれないと思ったとたん、必死に堪えていた涙が溢れてきた。

ファビアンがいなくなるなど堪えられない。彼が失い難い存在であることを、こんな状況になって気づいても遅すぎる。

「どうか無事でいて……」

祈るしかない和泉は涙を拭い、きつく両手を握りしめる。

「病院の玄関前に着けていいんですか？」

「あっ、はい、お願いします」

運転手の問いかけに慌てて答えると、間もなくして病院の正面玄関前でタクシーが止まった。

支払いをすませてタクシーを降りて入口に向かったが、病院の中は真っ暗で扉には鍵《かぎ》が掛かっている。

「そうか……」

救急の受付が別の場所にあるのだと気づき、あたりを見回してみると救急入口の表示が目に飛び込んできた。

一目散に受付に向かい、交通事故に遭《あ》った外国人男性がいるかどうかを、看護師に確認した。

「あちらでお待ちください」

「ありがとうございました」

調べてくれた看護師から検査中なので待つようにと言われ、和泉は待合室に向かう。

救急の待合室は小さく、ベンチ型の椅子が壁際に置かれているだけだ。

「サイレン……」

椅子に腰かけるなり聞こえてきたけたたましいサイレンの音に、怯《おび》えたようにビクッと肩を震わせる。

新たな救急患者を乗せた救急車の到着に、看護師たちが慌ただしく動き出す。

救急隊員によって運ばれてくるストレッチャーの音、患者に声をかけながら併走する看護師に、ただ待つしかできない和泉は恐怖に震える。

「デイビィ？」

廊下の奥からドアの開閉音が聞こえてくるたびに、パッと立ち上がっては力なく座り直すを繰り返す。

いったい、どれだけの時間が過ぎただろうか。座って待つことにすら堪えられなくなり、狭い待合室を行ったり来たりした。

「和泉、どうしたんだ？」

不意に響いたファビアンの声に、背を向けていた和泉は息を呑んで振り返る。

「デイビィ！」

三つ揃いのスーツで格好よく決めて出かけたときとまったく変わらない、元気な姿で現れたファビアンを見て思わず胸に片手をあてた。

「よかった……」

最悪のことまで考えてしまったから、再び会うことができた喜びに、嬉し涙が込み上げてくる。

「なぜ病院に来たんだ？　検査を終えたらすぐに帰ると、看護師から言われただろう？」

しっかりとした足取りで歩み寄ってきた彼に、和泉は人目も憚らず抱きつく。

「タクシーに乗っているときに軽く追突されただけで、たいした事故ではないんだよ」

「デイビィ、デイビィ……」

「どうした?」

優しく抱き留めてくれた彼を、涙に濡れた瞳で見上げる。

「心配で……デイビィがもし……」

「愛する和泉を残して私が死ぬわけないだろう?」

呆れたように笑ったファビアンが、両手でしがみついてむせび泣く和泉の背をさすってくれた。

いつもと同じ穏やかな声、包み込んでくれる大きな身体に、少しずつ落ち着きを取り戻していく。

「あっ……検査の結果は? すぐにわからないの?」

見た目はピンピンしているけれど、追突事故だから打撲や、むち打ち症が心配だ。

「むち打ち症を心配して検査をしたけど結果は異常なし、とくに首の痛みもないから大丈夫だよ」

「ホントに?」

病院の検査結果を疑うわけではないが、首を痛めた場合は後になって症状が出ると聞いたことがあり、完全には安心できない。

「和泉は心配性だな」

「だって……」

「わかった、一週間後に再検査をしよう。それで異常がなければ安心できるだろう？」

笑いながらも譲歩してくれたファビアンに、コクンとうなずき返す。

「さあ、帰ろう」

「はい」

肩に手を回してきた彼に促され、病院をあとにする。

寄り添いながら歩いて通りを走るタクシーを捕まえ、一路、屋敷に向かう。

後部座席に並んで座っても鼻をぐずらせていたら、彼がそっと手を握ってくれた。

さりげない優しさに胸が熱くなると同時に、ともにいられる幸せを感じた。

二度とこの手を離したくない。彼と離ればなれになるなど考えられない。ファビアンはなににも代えがたいたいせつな存在なのだと、ようやく和泉は確信していた。

＊＊＊＊

遅い夕食を終えたあと、和泉はファビアンと居間で過ごしていた。

珍しく食後に上着とベストを脱いでネクタイを外した彼は、長椅子に座ってすっかりくつろいでいる。

「心配させてしまってすまなかった」

隣に腰かけている彼に寄り添っている和泉は、唇を噛んで見つめ返す。

こうして一緒にいられるのが夢のようだ。彼とロンドンに行けば、永遠に夢は続く。

爵位を返上し、ウッドヴィル侯爵家がファビアンの代で途絶えてしまっていいのだろうかといった思いはいまもある。

それでも、それは侯爵である彼が決めることなのだ。貴族の家に生まれ、爵位を継いだ彼が考え抜いて決めたことに、自分が口を出すべきではないように感じられた。

「どうした？」

黙って見つめる和泉の瞳を、ファビアンがわざとらしく顔を寄せて覗き込んでくる。

いっときも揺るがない青々とした瞳に、いつになく神妙な自分の顔が映っていた。

自分だけを見つめてくれる瞳には、いつも笑顔が映るようにしたい。

「デイビィ、僕をロンドンに連れて行って」

「和泉？」

「デイビィとずっと一緒にいたい……もう二度と離れたくない……」

「神よ……」

感無量の声をもらしたファビアンが、大きく天を仰ぎ見る。

返事は一年待つと言ってくれたけれど、きっと不安だったに違いない。

辛い思いをしたのは自分だけではなく彼も同じなのだと、喜びを噛みしめている姿を目にして思い知らされた。

「和泉、嬉しくてたまらない」

満面に笑みを浮かべた彼が、和泉の頬を両手で挟んでキスしてくる。

いつものような濃厚なキスではなく、顔中にキスの雨を降らしてきた。

キスをされるたびに、彼の喜びが伝わってくる。キスの数だけ、幸せを感じた。

「結婚は？　それは無理なのかな？」

最後に唇に軽くキスして顔を遠ざけた彼が、柔らかな笑みを浮かべて和泉の手を握り取ってくる。

「それは……」

期待に満ちた瞳で見つめられ、おおいに困った。

「和泉の花嫁姿をどうしても見たいんだ」

「花嫁姿なんて、そんな……」

結婚をするよりも、花嫁衣裳を着るほうがハードルが高く感じられてならない。

「メイド服が似合うのだから、ウエディングドレスもきっと似合うよ。一生に一度のことなんだから、いいだろう？」

女装をさせたがるファビアンには、変な趣味があるのではないかと疑ってしまう。

それでも、彼にせがまれると嫌と言えない自分がいた。

「デイビィがどうしてもって言うなら……」

「ありがとう和泉、嬉しいよ」

破顔したファビアンに抱きしめられ、さらにはヒョイと身体をすくい上げられる。

「なっ……」

抱いたまま長椅子から立ち上がった彼を、驚きの顔で見つめた。

「こんなにも気持ちが昂《たか》ぶっているのに、居間で過ごしてなどいられない」

声を弾ませた彼が、お姫さま抱っこをしたまま居間を出て行く。

「事故に遭ったばかりなのに大丈夫？」

身体のことが心配になったけれど、彼はまったく耳を貸すことなく和泉をベッドに運んでいった。

「和泉……」

仰向けに横たわらせた和泉に、ファビアンが身体を重ねてくる。

「愛しい和泉、もう二度と離さない」

きっぱりと言って唇を重ねてきた彼を、躊躇うことなく広い背に手を回す。

もう二度と離れない。どんなことがあろうともだ。その思いを両の腕に込めて抱きしめ、唇を貪《むさぼ》り合う。

「んんっ……」

舌を絡め合うほどに、体温が上がっていく。

ファビアンがキスをしながら、和泉のシャツのボタンに手をかけてきた。

けれど、抗うつもりはない。目的はただひとつだから、和泉も協力して彼が着ているシャツのボタンを外していく。

ときおり唇が離れたけれど、すぐにどちらからともなく重ね合い、キスを交わしながら服を脱がし合った。

「はふっ……」

先に露わにされた己を片手に収められ、下腹の奥が疼いた和泉はもどかしげに腰を捩る。

「んんっ、ああ……」

すでに熱くなっていた己をやんわりと扱かれ、溢れ出してきた快感に彼のスラックスに伸ばしていた手がベッドに落ちた。

「あっ、あっ……」

触れてくるのはいつもと同じ手なのに、感じ方が全然、違っている。

ファビアンの指が焼けるように熱くて、触れられているそこが溶けていきそうだった。

「んっ……」

再び彼が唇を塞いできた。

彼はまだ全裸になっていないが、待ちきれなくなったようだ。

いきなり搦め捕られた舌をきつく吸われ、腰が大きく跳ね上がる。

重ねた唇や絡め合う舌が、いつも以上に甘い。

心が決まったから、無心になれる。

「んんっ」

ファビアンに両手でしがみつき、自らも搦め捕った舌を吸う。

キスの応酬がいつまでも続く。

そのあいだも彼に己自身を扱かれ続け、身体のそこかしこが燃え盛っていた。

「はふっ……」

長いキスにさすがに息苦しくなり、顔を背けて唇から逃れる。

「まだ足りない……」

笑ったファビアンが、顔を背けた和泉の唇をまたしても塞いできた。

「んっ……」

執拗に繰り返されるキスに、頭が朦朧《もうろう》としてくる。

己を扱かれる気持ちよさに身体を震わせていると、不意にキスを終わりにした彼が小さな胸の突起を咥えてきた。

「あっ……」

舌先で乳首を撫で回され、音が立つほどに吸われ、胸から広がっていく甘酸《あまず》っぱい痺れに震えが激しくなる。

「デイビィ……」

ひとしきり乳首を弄《もてあそ》んで起き上がった彼に身体をひっくり返され、両手で腰を持ち上げられた。

今夜の彼はやけに慌ただしいけれど、それも喜びの表れだとわかっているから気にもならない。

「力を抜いてて」

唾液に濡れた指を秘孔に突き立ててくる。

「くっ……」

いきなりの挿入はやはり苦しく、和泉はベッドに突っ伏したまま歯を食いしばった。

「余裕がなくてすまない」

そんなことを言いながら、深く収めた長い指を抜き差ししてくる。

これまでになく手早い動きに、突き出した尻が大きく揺れ動く。

「ぅう……」

前に回してきた手で己を扱かれながら、さらには柔襞を貫いた指で快感の源を刺激され、和泉は顔を跳ね上げる。

「はっ……やっ……そこ……」

強すぎる快感に頭を左右に振って嫌がると、ファビアンが硬く張り詰めた和泉自身の鈴口に指を押し込んできた。

「こんなに濡れているのに？」

からかうように言って、蜜に濡れた鈴口の内側を擦ってくる。

そこで弾けた強烈な快感に、身体を支えている膝がガクガクと震えた。

「デイビィ……もう……」

「わかった」

短く答えた彼が秘口から指を抜き、熱い屹立《きつりつ》の先端をあてがってくる。

有無を言わさぬ勢いでそのまま貫かれ、しなやかに背が反り返った。

「ひっ……」

勢いのある挿入に痛みを覚えて顔をしかめたけれど、鈴口に指を押し込んだまま己を揉みしだかれ、炸裂した快感に痛みを忘れる。

「和泉の中はいつでも温かだ」

耳に届いてきた彼の感じ入った声に、全身がたまらない高揚感に包まれた。

早くともに達したくなり、せがむように尻を揺らめかせる。

「私を煽っているのか」

嬉しそうな声を響かせた彼が、和泉自身を扱きながら腰を使い始めた。

「ああ……っ」

前後から湧き上がってくる快感に、我を忘れて腰を揺らす。

抽挿が繰り返されるほどに快感は強まり、射精感に苛《さいな》まれ始める。

「デイビィ……キスして……」

求めに応じて身体を重ねてきたファビアンが、肩ごしに唇を塞いできた。

「んっ……」

急《せ》いたように舌を絡め合い、溢れる唾液を気にすることなく存分に唇を貪る。

高まる射精感に次第にキスが疎《おろそ》かになっていった。

「もう限界だ」

唇を離して吐息混じりに言った彼が、激しく腰を使い始める。

「あんっ」

奥深くを突き上げられ、頂点が一気に近づく。

「デイビィ……一緒に……」

「ああ、もちろんだ」

手と腰をリズミカルに動かされ、和泉は瞬く間に昇り詰めた。

「くっ……ああっ」

あごを大きく反らし、唇を噛んで吐精する。

「和泉……ああ、和泉……」

感極まった声を上げたファビアンが、威勢よく腰を突き上げてきた。

内側から伝わる彼の脈動、流れ込んでくる熱い迸りに、この上ない悦《よろこ》びを覚える。

「はぁ……」

深く息を吐き出した彼に横向きにされ、背中越しに抱きしめられた。

「和泉、可愛い私の和泉……」

頬を擦り寄せて囁いてきた彼が、火照っている耳朶を甘噛みしてくる。

「週明けにロンドンへ戻る予定なのだが、一緒に行かないか？」

「週明け……」

あまりにも急すぎる誘いに、しょんぼりとしてしまう。

「どうした？」

心配そうな声をもらした彼がそっと繋がりを解き、和泉を仰向けにして組み敷いてくる。

「まだなにか不安があるのか？」

眉根を寄せて見つめてくる彼の頬にそっと手を添え、そうではないと首を横に振った。

「ではなぜ？」

「パスポートがないから……」

正直に答えたものの、恥ずかしくて視線を逸らす。

海外旅行をする余裕などなかったから、一度もパスポートを申請したことがない。

それでも、ホテル勤めをしていたから、パスポートを手にするまでに一週間近くかかることくらいは知っている。

ファビアンが生まれ育ったロンドンにいますぐ行ってみたいけれど、とても間に合いそうになかった。

「そうか、では次の機会にしよう」

「早めにパスポートの申請をしておかないと」

残念そうな顔をされて申し訳なくなり、ことさら明るく返して彼を見つめる。

「ああ、そうか……新しいハウスキーパーを探さなければいけないな」

「どうして？」

「和泉は私の伴侶なのだから、働かせるわけにはいかない」

当然のことだと言いたげだったが、和泉は賛同しかねた。

「一年の契約をしたんだから最後までやりたい」

「遊んで暮らせるというのに、働きたいのか？」

ファビアンが呆れ顔で首を傾げた。

「このお屋敷で働くのは楽しいし、なにもすることがなかったら退屈しちゃうよ」

「私がいるのに？」

「一日中、僕の相手をしてくれる？」

「それは無理だ」

「でしょう？」

それみたことかと言い返した和泉を、苦々しく笑って見つめてくる。

「では、和泉の可愛いメイド服姿を見られるのもこの屋敷だけだから、契約通り最後まで働いてもらうことにするかな」

「えっ？　メイド服で働くの？」

「もちろんだ。メイドにはメイド服で働いてもらうよ」

きっぱりと答えたファビアンを見て、当初から気になっていたけれど、日が経つうちに忘れてしまった疑問を思い出した。

「そういえば、どうして僕にメイド服を着せようと思ったの？」

「私のことを忘れている和泉に腹を立てたと言ったろう？　それで、ちょっと意地悪をしたくなったんだ」

「覚えていなかった罰だったのかぁ……」

「やり過ぎたかなと思ったんだが、あまりに似合っていたので気に入ってしまったよ」

彼が本当に気に入っているようで、つい笑ってしまう。

おおいに落胆したであろう彼を思うと、そんなことで女装をさせたのかと怒る気にはとてもならなかった。

「すぐに思い出せなくてごめんなさい」

お詫びの気持ちを込めて、自ら彼にキスをする。

「んっ」

軽く唇を触れ合わせて終わりにするつもりだったのに、きつく抱きしめてきた彼は熱烈なキスで応えてきた。

「ふっ……んん……」

悩む日々からようやく解き放たれた和泉は、抗うことなく両手をファビアンの背に回し、晴れやかな思いで甘いキスに酔いしれていた。

あとがき

みなさまこんにちは、伊郷ルウです。

このたびは『侯爵とメイド花嫁』をお手に取っていただき、本当にありがとうございました。


本作はイギリス人の貴族と、貧乏生活を送るわけあり青年が、都会の洋館で愛を育むお話です。

お喋りが上手なモモイロインコも登場します。オウムにしようかとも思ったのですが、ビジュアル的な可愛さが一番だったのでモモイロインコにご登場願いました。

そういえば、インコやオウムが長生きをすると担当さんから伺ってとても驚いていたところ、数日してテレビのニュースでその話を取り上げていて、あまりのタイミングのよさにまたまたビックリ！

犬と猫しか飼ったことがないので、鳥の寿命についてはあまり考えたことがなかったのですが、まさか何十年も生きるとは意外でした。

作中に登場するモモイロインコは十一歳です。この子がいろいろと頑張ってくれていますので、そのあたりもお楽しみいただければと思っております。

最後になりましたが、イラストを担当してくださいました陵クミコ先生には、心よりの御礼を申し上げます。

お忙しい中、素敵で可愛いイラストの数々を、本当にありがとうございました。

伊郷ルウ

二〇一六年　初秋

✦初出　侯爵とメイド花嫁……………書き下ろし

伊郷ルウ先生、陵クミコ先生へのお便り、本作品に関するご意見、ご感想などは
〒151-0051 東京都渋谷区千駄ヶ谷 4-9-7
幻冬舎コミックス　ルチル文庫「侯爵とメイド花嫁」係まで。

幻冬舎ルチル文庫

侯爵とメイド花嫁

2016年 9 月20日　　第1刷発行

✦著者　伊郷ルウ　いごう るう

✦発行人　石原正康

✦発行元　株式会社 幻冬舎コミックス
〒151-0051 東京都渋谷区千駄ヶ谷 4-9-7
電話 03(5411)6431[編集]

✦発売元　株式会社 幻冬舎
〒151-0051 東京都渋谷区千駄ヶ谷 4-9-7
電話 03(5411)6222[営業]
振替 00120-8-767643

✦印刷・製本所　中央精版印刷株式会社

✦検印廃止


ISBN978-4-344-83802-4　C0193　Printed in Japan